Wolfgang Sültz

Uwe H. Sültz

Unna-Königsborn Krimis -
SÜLTZ - DIE ALTEN SALZMEISTER
AUS BAD KÖNIGSBORN

BoD - Books on Demand
Norderstedt 2021

Bibliografische Information durch die Deutsche Nationalbibliothek
Die Deutsche Nationalbibliothek verzeichnet diese Publikation in der
Deutschen Nationalbibliografie; detaillierte bibliografische Daten
sind im Internet über http://dnb.dnb.de abrufbar.

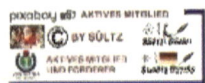

Bücher aus Königsborn

bei
SÜLTZ
BÜCHER

© Wolfgang & Uwe H. Sültz, Unna-Königsborn
Herstellung und Verlag:
BoD – Books on Demand, Norderstedt
ISBN 9-78375-4-32909-2

INHALT

Ein Schickimicki-Mord

Im noblen Stadtteil Loschwitz in Dresden ist in der Schickimicki-Szene ein reicher Mann, Herbert Müller, 53 Jahre, um die Ecke gebracht worden. Nicht weit vom Tatort fand Kommissar Burkhardt, eigentlich Erster Polizeihauptkommissar, aber Kommissar reicht ihm, sonst vergeht zu viel kostbare Lebenszeit (Zitat Wolfgang E. Burkhardt), eine Brieftasche eines jungen Mannes. Bei der Vernehmung auf der Polizeiwache in der Schießgasse, verstrickte sich der 25 Jährige in Widersprüche und wurde so zum Verdächtigen. Zwei Stunden später knickte der Verdächtige ein und wurde zum Täter. Die Akte Mord DD3B2019, Sonderdezernat SD1, konnte schnell geschlossen werden.

„Na ja, wer Schussknecht heißt, ist ja eigentlich schon bestraft genug, jetzt bringt er auch noch jemanden um!", sagte Kommissar Wolfgang E. Burkhardt. „Schussknecht?", fragte Kommissar Hans Brückl. „Da hatte ich einmal einen Fall, das muss bestimmt 25 Jahre her sein. Der Fall wurde nie gelöst. Mich erinnert aber der seltsame Name daran. … Lasst es euch schmecken. Heute hat sich der Koch Hubert mal Mühe gegeben." Burkhardt darauf: „Stimmt! Aber was kann Hubert bei Semmelknödeln schon falsch machen?" Alle grinsten sich an und stimmten zu.

Tage später liefen sich die beiden Kommissare wieder über den Weg. „Hast' den Fall Schussknecht schon abgeschlossen, Herr Kollege?", fragte Brückl. „Ist erledigt, ging ja alles fix!", sagte Burkhardt. „Komm' morgen trotzdem einmal in mein Büro, wir gehen die Akten von vor 25 Jahren durch.", so Brückl. Beide saßen mit einem Wurstbrot am Schreibtisch und studierten die alten Akten. Es war am 15. August 1995, als man in der Dresdner Heide eine tote Frau fand. Es lag ein Abschiedsbrief neben ihr, aber auch ein Weidenkorb mit einem Neugeborenen darin.
Die Frau hieß Anna Schussknecht.

Es deutete wirklich alles auf Selbstmord hin. Der Vater des kleinen Franzl konnte nie ermittelt werden. Man stellte lediglich fest, dass die Tote zu einem Trio gehörte, die Einbrüche verübte.

Ihre Fingerabdrücke fand man in den Wohnungen der Geschädigten. Mindestens zwei Männer waren noch beteiligt. Diese wurden aber nie gefasst. „Hier ist noch eine Liste der gestohlenen Objekte.", sagte Brückl. „Ist das Haus des Ermordeten Herbert Müller schon freigegeben?" „Nein, lasse es uns noch einmal aufsuchen", sagte Burkhardt und hatte eine Vermutung. Beide fuhren zur Wohnung des Ermordeten und begannen mit der Durchsuchung. „Was vermutest du, Herr Kollege?", fragte Brückl. „Das wird alles kein Zufall sein, schau' dir mal dieses Ölgemälde an.", so Burkhardt. „Tatsächlich, es steht auf der Liste!", sagte Brückl erstaunt. Beide durchsuchten das Haus in der Schickimicki-Szene nun genauer, stellten alles auf den Kopf. Sie wurden fündig. Ebenfalls fanden sie ein Testament. Als Erben waren zwei Männer eingesetzt: Franz Schussknecht, also der ehemalige kleine gefundene Franzl, und Karl Huber.

Am nächsten Tag aktivierten die Kommissare das Sonderdezernat SD1. Zwei Kollegen observierten den Verdächtigen Huber, 62 Jahre alt, in der Bahnhofstraße. Zwei weitere Kollegen und Kolleginnen suchten die noch lebenden Geschädigten der Einbruchserie auf. Auch die Versicherungen wurden informiert. „Der Durchsuchungsbefehl für Huber liegt vor!", rief Kommissar Burkhardt in die Runde. „Dann fahren wir gleich los!", freute sich Brückl. „Vielleicht wird mein Fall nun nach fünfundzwanzig Jahren gelöst!"

In der Wohnung des Verdächtigen Huber fanden die Beamten tatsächlich weitere Funde der damaligen Räuberei. Auch hier lag im Schreibtisch ein Testament mit folgenden eingesetzten Namen: Franz Schussknecht und Herbert Müller, in der Schickimicki-Szene bekannt als Gold-Herbie. Karl Huber wurde festgenommen. Er schrie nur: „Der Schussknecht war's!

Ich bin unschuldig!" „Herr Kollege, der Franz Schussknecht muss doch ein Motiv gehabt haben? Er ist als Erbe eingesetzt, nun fliegt alles auf. Da stimmt doch etwas nicht", sagte Brückl. Die Kommissare stellten Huber und Schussknecht gegenüber. Sie ließen beide erst unbeaufsichtigt, aber das Mikrofon war eingestellt, rein zufällig.

„Sag nichts, Franzl, ich erkläre dir alles später", flehte Huber. „Aber ich habe doch das Richtige getan!", entgegnete Franzl Schussknecht. „Er hat doch meine Mutter getötet." Nach langen Verhören stellte sich heraus, dass Anna Schussknecht reinen Tisch machen wollte. Nachdem Franzl auf die Welt kam, gab es nur noch eines für sie, Familiengründung und die erbeuteten Sachen zurückzugeben. Dabei wusste sie nicht, wer genau der Vater von Franzl war, Herbert Müller oder Karl Huber. Die beiden Männer wussten es auch nicht. Nur durch einen dummen Zufall erfuhr Franz Schussknecht, dass es sich nicht um Selbstmord, sondern um Mord gehandelt hatte. Im Rausch des Alkohols sagte Huber: „Ich habe deine Mutter geliebt, aber Herbert brachte sie einfach um, als sie reinen Tisch machen wollte." Beide gestanden ihre Taten. Eine Analyse ergab, dass Franz der Sohn von Herbert Müller war. Das war Franz Schussknecht aber völlig egal … verständlicher Weise.

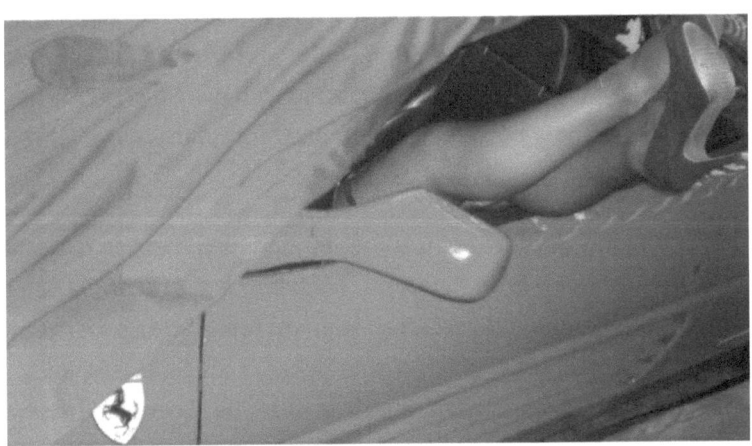

Die Weltpolitik macht Ernst

Im Jahr 2040 einigten sich nun endlich alle Staaten darauf, dass das Weltklima unbedingt gerettet werden muss. ...
Zwar verbesserte sich ab 2022 das Weltklima, jedoch brachen alle Bemühungen im Jahr 2028 zusammen. ...

2040, direkt am 1. Januar, wurde nun das auf der letzten Weltklimakonferenz festgelegte Protokoll
„GLOBAL FINAL FUEL END – Part 8" umgesetzt. Insgesamt wurden 16 verschiedene Teile verbindlich vereinbart. Kein Staat weigerte sich, das Protokoll zu unterschreiben. Denn nun wurde es Ernst, nachdem der Meeresspiegel um einige Meter gestiegen ist, gibt es einige Städte rund um den Globus nicht mehr. Übrigens gibt es das SÜLTZ BÜCHER Büro in Tinnum auf Sylt schon lange nicht mehr, es liegt alles Unterwasser, von List bis Hörnum, die gesamte Insel ist Geschichte.

Eine erste „Weltklimakonferenz" unter dem Dach der UN, die First World Climate Conference (WCC-1), fand 1979 in Genf statt und wurde von der Weltorganisation für Meteorologie (WMO) organisiert. Hier berieten Experten von Organisationen der Vereinten Nationen (UN) über die Möglichkeiten der Eindämmung der durch den Menschen verursachten schädlichen Klimaveränderungen. Schwerpunkt und wichtiges Ergebnis war die hier ausgesprochene Warnung, dass die weitere Konzentration auf fossile Brennstoffe im Zusammenhang mit der fortschreitenden Vernichtung von Waldbeständen auf der Erde „zu einem massiven Anstieg der atmosphärischen Kohlendioxidkonzentration führen" wird.

In den 16 verschiedenen Teilen wird alles behandelt, was schädlich für unser Klima ist. Dieser achte Teil behandelt alle Arten von Antrieben mit fossilen Brennstoffen. Ob Motorsägen, Laubbläser, Rasenmäher, Züge,

Schiffe, Autos bis zu Flugzeugen, alles ist im achten Teil festgelegt.
Vor 30, 40 Jahren war noch kein Denken daran, freiwillig etwas aufzugeben, was da schon schädlich war. „Die anderen können ja anfangen, mein Rasenmäher läuft noch." So war eben das Denken der Menschen.

Bis dann endlich die Natur zuschlug. In Fahrzeugen mit alten Motoren nach dem Otto- oder Diesel-Verfahren mussten genau am ersten Januar Prüfgeräte eingebaut sein, die die Luftverschmutzung messen. Ob in der Schifffahrt oder bei den Flugzeugen, aber auch bei den noch vorhandenen Oldtimern auf der Straße, die Gesetze sind nun knallhart.

Alle Prüfgeräte arbeiten über Satelliten, messen den CO_2-Ausstoß, geben Alarmberichte an die jeweiligen staatlichen Kontrollbehörden weiter und legen das Fahrzeug bei sehr grobem Verstoß sofort still. Schlimmer noch, bei der Stilllegung wird der jeweilige Motor vollständig zerstört. Die Umsetzung funktionierte gut. Nutznießer dieser Maßnahmen waren Abschleppunternehmen. Mit Oldtimern, die einen zu hohen Ausstoß hatten, konnte der Besitzer noch 30 Kilometer fahren, dann erlosch das Leben des AMG 12 Zylinders. Die Abschleppunternehmen kamen der Arbeit gar nicht nach, alle am Straßenrand nun abgestellten Fahrzeuge abzuschleppen. Die Erde ist Geräuchloser geworden.

Aber auch 2040 ist Kriminalität immer noch ein großes Thema. Raubüberfälle, Diebstahl, Morde und Internetkriminalität sind an der Tagesordnung der Polizei.

Am 6. Juni 2040 stürzte ein großes Passagierflugzeug ins Meer. 386 Fluggäste verloren ihr Leben. Am 18. Juli stürzte ein Passagierflugzeug auf die Freiheitsstatue in New York. Drei weitere Maschinen stürzten zielgenau in Moskau, Tokio und in Berlin auf markante Gebäude ab.

„Es kann kein Zufall sein.", sagt Special Agent Mike Miller. „Zuerst stürzte nur eine Maschine ins Meer. Jetzt werden Ziele ausgewählt, wie es 2001 in New York gewesen ist. Nur vermute ich, jetzt geht der Terror wieder los, jetzt um die ganze Welt." Es dauerte nicht lange und das World Security Bureau WSB wurde gegründet. Jeder Staat bekam ein Büro mit direktem Kontakt zu allen anderen Büros. Computerspezialisten untersuchten die Black Boxen der Passagierflugzeuge. Sie wurden fündig. „Meine Damen und Herren, mein Name ist Bernd Wardenga, ich bin Ingenieur für Computerwesen. Unsere Resultate aus München möchte ich ihnen mitteilen. Ich möchte sie nicht mit unnötigen Daten nerven, wir kommen schnell zum Ziel. Jedoch etwas Grundkenntnis muss geklärt werden. Die Pro-Kopf-CO_2-Emissionen werden in Computern in den Prüf- und Kontrollgeräten berechnet. Jedes Fahrzeug auf der Straße wird ausgewertet ob sich eine oder vier Personen im Innenraum befinden. Somit können vollbesetzte Wagen weiter und länger fahren. In 5 Jahren ist natürlich auch diese Berechnung hinfällig, denn dann werden alle Fahrzeuge verboten. Flugzeuge müssen heutzutage voll besetzt sein, die Software ist dafür verändert worden. Und hier liegt das Problem. Zwei Black Boxen zeigten ein verändertes Programm."

„Sozusagen ein Computervirus.", sagt Special Agent Mike Miller.
„Genau. Aber wie kommt der ins System? Was wird damit bezweckt?"

„Tja, Erpressung von Lösegeld.", so Miller.

Fragen über Fragen. Antworten wurden konkret noch nicht gefunden. Alle wollen in Kontakt bleiben.

Flug 937 A 63 von New York nach Tokio: Auf den Bildschirmen der Crew und aller Fluggäste wurde folgendes in allen Sprachen eingeblendet: „Was glauben Sie, bedeutet folgender Breitengrad 35.6894875 und Längengrad 139.6917064? Richtig, es ist Tokio. Was glauben Sie, wohin Sie fliegen?

Genau, nach Tokio. Und vor der Landung auf dem Flughafen stürzen Sie alle in ein gut besuchtes 11 stöckiges Hochhaus. Schreien ist zwecklos. In drei Stunden ist Ihr Leben zu Ende." Auf allen Monitoren an den Sitzen blendete sich eine Countdown-Uhr ein. Die Passagiere waren geschockt und schrien auf.

Die Crew verständigte sofort das World Security Bureau. Mit aller Macht und Schnelligkeit wurden alle Informationsdienste im Internet und TV angewiesen, dass die Hacker ihre Forderungen stellen sollen. Um Menschenleben zu schützen, wird alles dafür umgesetzt.

Computerspezialist Wardenga arbeitete mit seinem Team unter Hochdruck an einer Lösung. Die Hacker lernten. Zuerst gab es ja den willkürlichen Absturz ins Meer. Dann die gezielten Abstürze in markante Gebäude. Und jetzt werden alle Fluggäste über ihren Tot informiert. „Das ist ja so abscheulich.", sagte Wardenga. Er kam einfach nicht in das Computerprogramm des Flugzeugs. „Wir schießen das Flugzeug ab, solange es noch über dem Ozean ist. Dann ist das Warten auf den Tot kürzer und die Passagiere wissen nicht wann es passiert.", schlug das World Security Bureau vor. „Das ist genauso abscheulich.", sagt Wardenga, nachdem er dies hörte. Das Prüf- und Kontrollgerät ließ sich nicht ausbauen, das ist so gewollt. In das Computerprogramm konnte Wardenga nicht eindringen, das kontrollieren die Hacker.

Wardenga berief per Internetchat wichtige Piloten ein. „Chesley Sullenbergers Notwasserung auf dem New Yorker Hudson River im Jahr 2009 wäre eine Möglichkeit. Sullenberger fielen bei seinem Airbus A320 bei 3000 Fuß beide Triebwerke aus. In der Regel wird das Flugzeug die Flughöhe nicht halten können und in einen langsamen Sinkflug übergehen.", sagte ein Experte von Boeing. So ohne weiteres lässt sich ein Flugzeug nicht abschalten, während des Flugs schon gar nicht. Außerdem muss es steuerfähig bleiben. Unsere Passagierflugzeuge sind trotz ihres

Gewichts in der Lage zu segeln. Es kann also noch 153 Kilometer weit gesegelt werden. Dieser Gleitflug würde gute 20 Minuten dauern.

Es bleiben noch eine Stunde und 20 Minuten, um Entscheidungen zu treffen. Mit der Flugzeugcrew wurde das weitere Vorgehen besprochen. Man schaltete das Flugzeugfunkgerät ab und kommunizierte nur noch über Handys. Süd-östlich von Tokio liegt der Hafen am Shiota River. Nun wurde berechnet ab wann das Passagierflugzeug in den Gleitflug übergehen kann. Japanische Schiffe begannen die Hilfsmaßnahmen zu koordinieren. Wardenga schlug vor, die Triebwerke gezielt mit den in den Militärflugzeugen verbauten Laserkanonen zu zerstören. Anders ließe sich der Schub bis Tokio nicht verhindern. Die Steuerung funktioniert ja, lediglich korrigiert die automatische Steuerung das Flugzeug wieder, da von den Hackern schließlich die Koordinaten in Tokio fest einprogrammiert wurden.

200 Kilometer vor der Küste Japans sollte es dann soweit sein. Die Marine ist bereit. Sechs Bomber flogen der Passagiermaschine entgegen. Bei genau 220 Kilometern vor der Küste war es soweit. Die Bomber flogen eine Schleife und zielten auf die Triebwerke der Passagiermaschine. 50 Kilometer vor der Küste war alles bereit. Die Bomber schossen genau bei 200 Kilometern vor der Küste. Alle vier Triebwerke wurden getroffen. Die vier Bomber trafen mit den Laserkanonen perfekt. Die zwei weiteren Bomber hätten einen verfehlten Schuss oder Strahl ersetzen können. Laut Berechnungen beginnen nun die 20 Minuten Gleitflug, das wären 153 Kilometer. Ein Faktor ist natürlich unberechenbar, das ist das Gegensteuern des Computers.

Langsam ging es in Richtung Wasseroberfläche des Ozeans. Immer wieder kämpften die Piloten gegen das Korrigieren des von den Hackern einprogrammierten Kurses auf Tokio. Die Wasseroberfläche kam immer näher. Im letzten Augenblick riss der Kapitän die Nase des

Passagierflugzeugs nach oben, noch bevor der Computer korrigieren konnte.

Die Marine war auf Kurs. Das Flugzeug kam mit dem Wasser in Kontakt. Der Aufsetzwinkel war perfekt. Eilig steuerte die Marine das Flugzeug an. In 20 Minuten würde das Flugzeug sinken, aber tatsächlich schaffte es die Marine alle Passagiere und die Crew zu retten.

„Wir haben gesiegt, aber es ist erst der Anfang einer neuen Dimension an Kriminalität. Wir konzentrieren uns nun darauf, die Hacker und Kriminellen zu fassen. Wir müssen im Laufe der Zeit schneller werden, so wie immer, so, wie in jedem Jahrhundert.", sagt Special Agent Mike Miller.

Cyber Tee

In Berlin sind Fälle von Vergiftungen aufgetreten. Kurze Zeit später in ganz Deutschland. Erste Todesfälle werden bekannt. Nun wurde in Berlin eine Sonderkommission gegründet, die die Vergiftungsfälle untersuchen soll. Kommissar Jörg Wehmer leitet die SoKo 2021 Gift. Man geht bislang von einer Verunreinigung in Lebensmitteln aus. Die bisherigen Todesfälle sind in einem Alter zwischen 30 und 80 Jahren. Vergiftete Kinder sind nicht bekannt. Alle Lebensmittel werden diskutiert. Was essen und trinken Personen zwischen 30 und 80 Jahren? Warum gingen die ersten Beschwerden zunächst von Berlin aus bis über ganz Deutschland? Fragen über Fragen. Es konnten keine Antworten   gefunden werden.

Weihnachten 2020 gab es 124 Fälle von Vergiftungen. Im Januar 2021 waren es 1066 Fälle und 16 verstorbene Menschen. Die Zahlen erhöhten sich im Februar auf über 150.000 Vergiftungen und 24.000 Toten. Die Obduktionen zeigten immer wieder das gleiche Ergebnis: STRYCHNIN

Wie gelangt das Gift in die Menschen? Wie nehmen sie es auf?

Dann werden die Beamten in Berlin gewarnt. Eine ausländische Mail wird geöffnet. Höchste Sicherheitsstufen werden eingehalten. Zunächst wird der Anhang in der Mail nicht geöffnet, denn hier steckt oft die Gefahr. Eine Überprüfung ergab grünes Licht:

„When does the tea dealer finally pay? Do more people have to die?" Der Übersetzer zeigte an: „Wann endlich bezahlt der Tee Händler? Müssen noch mehr Menschen sterben?"

„Tee!", schrie Kommissar Wehmer in den Raum. „Es ist also Tee!"
Die Sonderkommission wurde unbenannt in SoKo Cyber-Tee.

Da die Vergiftungen von Berlin ausgingen, wurden Berliner Tee-Firmen und Händler aufgesucht. Fast zeitgleich traf ein Brief bei der Polizei ein:

Achtung! Überprüfen Sie den Teehändler Wertgreven. Der Chef wird erpresst.

Kommissar Wehmer besuchte mit einer Kollegin den Tee-Händler. Der Inhaber zeigte sich unangenehm überrascht. Nach langen Gesprächen knickte er aber dann doch ein. „Ja, ich gebe zu, unsere Firmensoftware wurde angegriffen. Aber es ist doch alles wieder in Ordnung. Alles läuft einwandfrei." Ein Computerexperte ließ sich das Firmenprogramm vorführen. „Nun, genau habe ich keine Ahnung davon", sagte der Tee-Händler, „aber hier sehen Sie, von der Bestellung der Teeblätter, über die verschiedenen Mischungen bis zur Kontrolle läuft alles tadellos. Und trotzdem erhalte ich immer noch Mails, das ich 1,5 Millionen Euro bezahlen soll. Wofür denn?" „Nun, vielleicht um Leben zu retten. Sie hätten uns sofort kontaktieren müssen.", so der Kommissar. Der Computerexperte stellte eine Frage: „Es scheint alles in Ordnung. Ihre Computersprache ist Java. Alles läuft reibungslos. Trinken Sie Ihren Tee auch selbst?" „Nein, mein Vater baute die Tee-Firma auf. Ich trinke nur Kaffee." „Und niemand testet die Teemischung?" „Wozu? Das macht doch das Computerprogramm bei der Analyse."

Die Beamten nahmen Proben mit. Außerdem schlossen sie vorüber-gehend den Betrieb.

Tage später lag die Analyse vor. 12 Teemischungen wurden überprüft, eine ist tödlich. In der Mischung Schwarzer-Tee lässt sich das Gift der Brechnuss nachweisen, es heißt Strychnin.

„Ja, und Schwarzer-Tee wird genau von dieser Altersgruppe bevorzugt. Nun ist die Frage, wie hängt das computertechnisch zusammen?

Die Hintermänner werden wir bestimmt nicht fassen. Ist der Tee-Händler mitverantwortlich für die vielen Verstorbenen?", fragt der Kommissar.

Der Computerexperte nahm sich den Rechner des Händlers vor. Alle Mails wurden endgültig im Vorfeld vom Händler gelöscht. Nun arbeitete sich der Computerexperte, dessen Name hier absichtlich nicht erwähnt wird, in das Java Programm ein. Nach drei Tagen stellte sich folgendes heraus: Ausländische Hacker programmierten den Rechner so um, dass vergiftete Substanzen, als Teeblätter deklariert, erworben wurden, mit denen der oder die Hacker zusammenarbeiten. Das Gift gelang so in den Tee-Mischer für Schwarzen-Tee. Andere Tee-Sorten und Mischmaschinen blieben sauber. Die Hacker programmierten nun das Analyseverfahren und deren Auswertungen um. So wurde der Schwarze-Tee wieder sauber. Mehrere Hunderttausende Tee-Packungen der Sorte Schwarzer-Tee lagen im Lager. Alles wurde vernichtet. Ein groß angelegter Rückruf wurde eingeleitet. Im Juni 2020 schien der Cyber-Angriff überstanden zu sein. Aber über 24.000 Tee-Trinker mussten sterben. Die SoKo Cyber-Tee wurde nicht aufgelöst, denn jetzt sucht man die Hacker und die Mittelsmänner, die verantwortlich sind. Es ist die Stecknadel im Heuhaufen, aber die Beamtinnen und Beamten der Kriminalpolizei werden besser und besser.

Hacker ohne Skrupel

Über die Straßen von San Francisco werden eilig in Krankenwagen viele Patienten auf andere Krankenhäuser verteilt. Die Polizei sorgt für freie Wege. Die Nähe der Stadt zur San-Andreas-Verwerfung birgt ein erhöhtes Risiko für Erdbeben. Am 18. April 1906 ereignete sich das bislang schwerste Erdbeben. Es erstreckte sich von San Juan Bautista bis Eureka und hatte eine Stärke von 7,8 auf der Richterskala. Als Folge von Bränden und Sprengungen wurden dabei rund 3000 Menschen getötet und drei Viertel von San Francisco zerstört, beziehungsweise erheblich beschädigt. Dieses Mal sieht es so aus, als würden noch weit viel mehr Menschen ihr Leben verlieren. Und mittlerweile leben in San Francisco über 900.000 Menschen. Warum werden so viele Patienten in andere Krankenhäuser verteilt? Was ist passiert? Rückblick:

2025 wurde das neue Krankenhaus an der Howard Street Ecke Main Street von der Präsidentin der USA, Kamala Harris, eingeweiht. Die Straßen von San Francisco sind vollkommen überfüllt. Der Bürgermeister und sein Team suchten eine schnelle Möglichkeit um schneller in den Osten, etwa nach Oakland zu kommen. Dies geschieht nun über die Oakland Bay Bridge. Das „New Future Hospital" ist das wohl weltweit modernste Krankenhaus in den USA. Durch eine eigene Satelliten-Anbindung ist das New Future Hospital mit allen Krankenhäusern und Entwicklungslaboren auf der gesamten Welt verknüpft. So ist das Chinesische Coronavirus, jetzt Typ 5B2, auch in den USA wieder ausgebrochen und innerhalb von 3 Wochen im New Future Hospital besiegt worden. Damals im Jahr 2020/21 sind Millionen Menschen weltweit gestorben. Auch dieses Virus, Type 5B2, forderte weltweit viele Menschenleben in 2025. Rund um die Welt sind innerhalb von wenigen Stunden Gegenmaßnahmen hergestellt und verteilt worden. So ein schleppendes Handeln wie 2020 soll es nie wieder geben.

Ein Erdbeben oder der Virus waren es nicht, was die Massenevakuierung ausgelöst hat, aber mit dem Wort Virus hängt es schon zusammen. Virus bedeutet schon vom Wort her „Gift". Bislang stürzten Programme ab, es wurden Freischaltungsgelder verlangt. Einmal gestartet, kann es Veränderungen im Betriebssystem oder an weiterer Software vornehmen, mittelbar auch zu Schäden an der Hardware führen. Als typische Auswirkung sind Datenverluste möglich. So ist die Sachlage dieser Kriminalität. In diesem Fall liegt der Sachverhalt jedoch anders. Ein Virus wurde in die Computer des New Future Hospital eingeschleust. Alle Alarmsysteme bemerkten nichts, denn es kam zu keinem Computerabsturz. Auch gab es keine Männchen oder Geldforderungen auf dem Bildschirm. Alles lief so wie immer. Der automatische Medikamentenverteiler (Drug Distributors DD1) lief vollautomatisch. Das System DD1 gibt automatisch die passenden Medikamente direkt im Zimmer der Patienten aus. Eine Klappe öffnet sich zum richtigen Zeitpunkt, ein Becher fällt aus einem Bechervorrat und wird automatisch mit Wasser gefüllt. Dieses System ist in allen Zimmern vorhanden. Der behandelnde Arzt gibt die Daten in das Computersystem ein, alles Weitere wird automatisch erledigt, sogar Nachbestellungen von Medikamente bei den günstigsten Produzenten. Aber immer noch nicht ist das Problem erkannt. 83 Patienten sind innerhalb von 24 Stunden gestorben. Über 500 hätten es sein können, wenn das Hospital nicht sofort evakuiert worden wäre. Detective Lieutenant Jack Stones und der Computerexperte Bill Wates untersuchen den Cyberangriff. Für einen Computerexperten, der jede Computersprache beherrscht, etwa C oder Java, wobei alles mit Basic und der Maschinensprache begann, ist der Fehler schnell gefunden. Mittlerweile sind alle Patienten außer Gefahr, denn alle Krankenhäuser untersuchten und behandelten die Patienten nicht nach dem Automatik-Plan, sondern von Ärzten und Krankeschwestern. Und genau das wurde bei dem Automatik-Programm des New Future Hospital zum Problem. Bill Wates findet heraus, dass Medikamente vertauscht wurde und   sogar ausgetauscht wurde. Da keine zusätzliche Medikamente eingebracht wurde, die zuerst durch einen Arzt abgesegnet hätte werden müssen, bemerkte das Computer-Schutzprogramm nichts. Auf diese Weise starben die Patienten, wegen falscher Medikamente. Wer könnte solch einen Anschlag verüben? Das Warum könnte Geld sein. Ins Programm kann ein Hacker gekommen sein. Aber wie veränderte der Hacker das Programm. War es eine Mail mit Anhang? Fragen über Fragen. Wates arbeitet nun mit einem Ärzteteam zusammen, um alle Fehler des automatischen Medikamentenverteilers DD1 auszuräumen. Selbstverständlich wurde das Krankenhaus vom Netz genommen. Durch die eigene Satelliten-Anbindung scheint die Internetverbindung wohl sicher zu sein. Alle weiteren Krankenhäuser haben schließlich keine Probleme. Aber sicher ist sicher.

Detective Lieutenant Jack Stones war Polizist durch und durch. Er vermutete eher einen Feind in den eigenen Reihen. Jeder, der zum Computer Zutritt hat, wird vernommen. Jeder musste zur SFPD Tenderloin Station in die Eddy Street Ecke Jones Street. Jeder wurde hart ausgefragt, denn es gab schließlich 83 Tote und es hätten weitaus mehr werden können. Der Arzt aus dem Austauschprogramm New York/San Francisco, Dr. Norman Jonson, gestand schließlich, dass er einen USB-Stick vor der Frauen-Umkleidekabine gefunden hat. Er vermutete Nacktbilder von Krankenschwestern darauf. Sofort wollte er den USB-Stick ansehen und kopieren. In der Tat waren Pornografische Bilder zu sehen, aber nicht vom Krankenhausteam. Den Stick stellte er bereitwillig der Polizei zur Verfügung. Jonson gestand außerdem, diesbezüglich krank zu sein.

Für Detective Lieutenant Jack Stones stand immer fest, ein Erpresser will, dass jeder weiß, wer er ist. Das ist das Resultat aus 30 Jahren Kriminalität. Und genauso sollte es wieder sein. Ein Bekennerschreiben lag nach vier Tagen vor. Es wurden drei Millionen Dollar verlangt. Der Zusatz könnte den Urheber verraten. „Das habt ihr nun davon!"

Stones vermutet, da der Brief in bester Grammatik geschrieben ist und der USB-Stick im Krankenhaus gefunden wurde, dass es sich um einen Insider handeln würde, so wie er es von Anfang an vermutet hat.

Sofort wurde die Personalabteilung tätig. Treffer! Der Informatiker Jeff Linder ist vor einiger Zeit entlassen worden. Er war an der Entwicklung des Computerprogramms beteiligt und forderte eine feste Anstellung. Jedoch waren seine finanziellen Forderungen astronomisch, er war Spieler. Linder wurde festgenommen und seine private Computeranlage eingezogen. Die aus dem Darknet kopierten Nacktbilder waren zwar gelöscht, aber die Kriminalbeamten konnten die Dateien wiederherstellen.

Linder gestand und erwartet demnächst sein hartes Urteil. Das New Future Hospital arbeitet wieder und das Programm DD1 läuft einwandfrei.

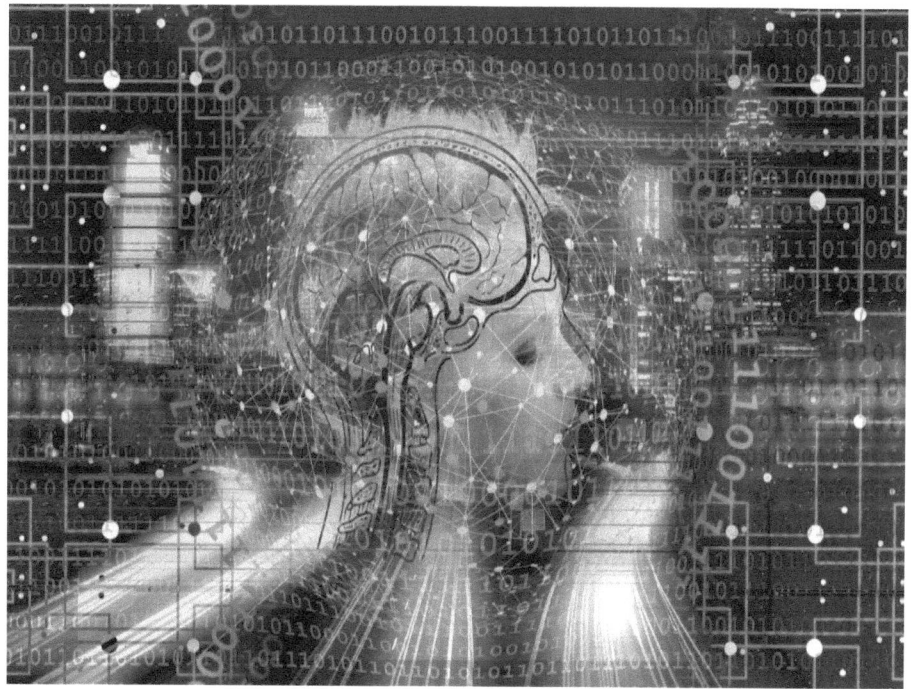

Sylt – Mord unter Deck?

Schweißgebadet wachte Kriminalhauptkommissar Jens Petersen um 7 Uhr auf. „Ulla!", schrie er, „ich habe verschlafen, heute kommt doch der Gastkommissar aus Dresden! Wie hieß er noch gleich? Ich glaube Wolfgang Burkhardt!" Jedoch waren seine Frau Ulla und Tochter Roberta auf Mallorca. „Was wollen die beiden auf Mallorca? Sylt ist die schönste Insel.", grummelte Petersen. Es war ein Gewinn für zwei Personen. Sieben Tage Malle mit allem Drum und Dran.

„Moin!", rief Petersen in die Runde auf der Wache in Westerland. „Schlecht geschlafen, Herr Kollege?", fragte Kommissar Friedrichsen. „Ach, Ulla ist im Urlaub. Ich habe von einem Mord in List geträumt und dachte, ich hätte verschlafen.", so Petersen. „Hier ist doch sowieso nichts los.", sagte Praktikant Hannes Hansen kleinlaut. „Irrtum, Herr Oberkommissar in Wartestellung! Nicht in List ist etwas los, sondern in Munkmarsch. Meine Herren, ab zum Einsatzort! Ich darf euch noch Kommissar Wolfgang E. Burkhardt vorstellen, Kripo Dresden. ", entgegnete Friedrichsen. Im Hafen von Munkmarsch angekommen, zeigte Kellner Sörensen vom Restaurant Zur Mühle auf die Motoryacht „Anna Nass". Der Gast wollte bereits vor dem gestrigen Sturm im Hafen anlegen, nun liegt er bei Ebbe und Flut im Watt. Die Yacht war leicht gekippt und lag nun trocken. „Wie kommen wir nun zu diesem Schiff?", fragte Praktikant Hansen. „Na zu Fuß, Hannes, außerdem ist das kein Schiff sondern eine Yacht. Nun hole die Gummistiefel aus dem Auto.", ordnete Kriminalhauptkommissar Jens Petersen an. „Ich habe auch die Leiter mitgebracht!", rief Hannes Hansen stolz. „Aus dir wird noch ein echter Oberkommissar … nach der Wartestellung.", lachte Petersen. Petersen, Hansen und Burkhardt stiegen auf die Yacht. Auf der Yacht wartete jedoch eine Überraschung. Sie fanden den leblosen Körper von Dirk van Bertram, sein Kopf schwamm in einer Blutlache. Der Tote lag auf dem Bauch. Die Untersuchung begann.

„Vergiss die Handschuhe nicht, Hannes!", rief der erfahrene Kommissar Petersen seinem Praktikanten zu. Kommissar Burkhardt hingegen griff in seine Tasche und sagte: „Habe ich immer dabei! Man kann ja nie wissen." „Hier liegt eine Brieftasche. Der Name des Toten ist Dirk van Bertram. Seltsam, 2500 Euro sind im Scheinfach. Wollte die der Mörder etwa nicht?", wunderte sich Hannes Hansen. „Steck' sie mir heimlich in die Tasche.", flachste Burkhardt. „Es muss ja kein Mord sein, Hannes.", entgegnete Petersen. „Er wird sich doch nicht selbst einen auf die Mütze gegeben haben?", sagte der Praktikant. „Apropos Mütze, eine Kapitänsmütze lag auf dem Deck", so Kommissar Burkhardt. Petersen rief Dr. Knudsen in Keitum an, um den Toten untersuchen zu lassen. Nach zwei Stunden hatten alle die Yacht auf den Kopf gestellt. Nichts Auffälliges konnten sie finden. „Hannes, hole den Dok aus Keitum ab, er ist jetzt in seiner Praxis", sagte Petersen. „Chef, die Flut ist gekommen. Soll ich das kleine Schiff nehmen?", fragte Hannes Hansen. „Das ist ein Boot, du Tütkopp, ein Schlauchboot mit Motor!", rief Petersen. „Spaß, Chef, war doch nur Spaß!"

„Moin, Jens. Was kann ich für dich tun?", fragte Dr. Knudsen. „Ach, ich sehe es schon." Dr. Knudsen drehte den Toten auf den Rücken. „Hier ist ja noch eine Brieftasche zu finden!", rief Hannes Hansen. „Ja, da schau an. Na, der Fall wird wohl sehr einfach zu lösen sein. Herbert Hövel gehört die Brieftasche. Ausweis, Führerschein und 200 Euro sind darin", freute sich Kriminalhauptkommissar Petersen. „War es ein Unfall oder ein Mord, Dok?", fragte Burkhardt aus Dresden. „Es war ein Schlag auf die Schläfe, sucht nach entsprechenden Gegenständen", so der Doktor. „Tja, da haben wir viele Möglichkeiten. Hier liegen Sektflaschen, schwere Bierkrüge, Werkzeuge und sogar ein Toaster herum.", der Kommissar fuhr sich durch die Haare. „Es kann ein Unfall gewesen sein, verdächtig ist die zweite

Brieftasche.", so Petersen weiter. Zurück in der Wache schrieb Kriminalhauptkommissar Jens Petersen seinen Bericht. „... es wurde eine weitere Brieftasche gefunden, mit Ausweispapieren von Herrn Herbert Hövel.", murmelte Petersen.

„Herbert Hövel?", fragte Kommissar Friedrichsen, der gegenüber saß.
„Den haben wir vor zwei Stunden aus einer Bar abgeholt. Er konnte die Zeche nicht bezahlen.", so Friedrichsen weiter. „Dann haben wir ein Problem. Vielleicht war es doch ein Unfall?", überlegte Burghardt. Petersen stimmte zu.

Nachfolgende Recherchen ergaben, dass sich Herbert Hövel und Dirk van Bertram gut kannten. Dirk van Bertram war Diamantenhändler und Herbert Hövel Kurier. Herbert Hövel gab an, nachts noch vor dem Sturm eine Tour durch die Whisky-Meile unternommen zu haben. Nach dem Abendessen in Munkmarsch steckte van Bertram wohl aus Versehen Hövels Brieftasche ein. Hövel konnte seine Aussage belegen und wurde frei gelassen. „Nun, dann wird van Bertram durch den heftigen Seegang im Sturm gestürzt sein. So hat er sich dann wohl die Kopfwunde zugezogen.", vermutete Jens Petersen. „Das ist ja wieder ein langweiliger Fall.", murmelte Praktikant Hannes Hansen. „Auf keinem der Gegenstände sind Spuren zu finden.", sagte der Doktor, der seinen Bericht abgeben wollte. „Aber von so vielen Flaschen Rum und Champagner bin ich ganz besurpen, nehmt bloß keine Blutprobe bei mir!", lachte er. „Wenn sie wieder nüchtern sind, dann sagen sie, ob Ihnen sonst nichts aufgefallen ist.", sagte Friedrichsen. „Wenn sie so fragen, eine Gürtelschlaufe ist gerissen. Aber das wird wohl nicht wichtig sein, obwohl, es ist eine Qualitätshose von Boss.", ergänzte Knudsen. „Hannes, zeige noch einmal die Brieftasche vom Opfer!", rief Petersen. „Schaut einmal, hier ist eine Öse, es könnte eine Kette angebracht gewesen sein.", so Petersen weiter. „Genau, und diese ist an der Gürtelschlaufe befestigt gewesen.", überlegte Dr. Knudsen. „Dann sucht die Kette!", ordnete Friedrichsen an.

Kriminalhauptkommissar Jens Petersen, Kommissar Burkhardt, eigentlich Erster Polizeihauptkommissar, und Praktikant Hannes Hansen zerlegten nun alles. „Was vermuten sie, Chef?", fragte Hansen.

„Nun, entweder wollte der Tote seine Brieftasche mit einer Kette sichern oder es war etwas an der Kette, was abgerissen wurde.", sagte Petersen. „Finden wir die Kette, dann ist der Fall abgeschlossen und du hast pünktlich Feierabend!" „Boa, das ist ja Luxus pur, der LED-Fernseher verschwindet auf Knopfdruck hinter eine Wand!", rief Hannes. „Und? Suche weiter!", rief Petersen. „Dieses Bild müsste eigentlich dort hängen, hier ist der Haken zum Aufhängen!", rief Burkhardt. „Chef, da ist ein Tresor hinter dem Fernseher!", schrie der Praktikant. Im Tresor war ein Schlüssel eingesteckt. Am Schlüssel hing eine Kette. Es war die gesuchte Kette.

Jetzt war es wahrscheinlicher, dass es sich doch um Mord handelte. Die Kette mit Schlüssel könnte bei einem Kampf abgerissen worden sein. „Diamanten, 2.500 Euro in der Brieftasche, Alibis, hier stimmt doch etwas nicht?", analysierte Jens Petersen. Petersen ordnete die Überwachung von Herbert Hövel an. Der tourte immer noch in der Whisky-Meile umher. Jetzt war er in ständiger Begleitung eines jungen Mannes. „Das ist alles sehr verdächtig. Lasst uns Undercover arbeiten.", sagte Petersen auf der Wache. „Ich erledige das!", rief Wolfgang Burkhardt, „Mich kennt hier kein Sylter." „Na, dann zeig mal, was du so in Dresden gelernt hast.", sagte Kommissar Friedrichsen.

In der Bar wartete Burkhardt bis Herbert Hövel abgefüllt war. Dann kam die Gelegenheit, um mit Hövels Begleiter Kontakt aufzunehmen. Beide schwärmten für Mercedes 12 Zylinder, Rolex und Frauen. „Ich bin der Siggi. Lass' uns noch einen heben, mein Vater ist ja schon fertig mit der Welt!", sagte Siggi Hövel, dessen Name ja nun bekannt wurde. „Ja, eine Rolex hätte ich auch gern. Einen 12 Zylinder habe ich schon.", schwärmte Burghardt. „Die kann ich alle kaufen, alle! Schau her, ein ganzes Säckchen Diamanten.

Mein Vater und ich handeln damit. Uns gehört die Welt!", ritt sich Siggi in die Falle.

Kommissar Burkhardt verständigte die Sylter-Kollegen. Diese stürmten Bar. Noch in der gleichen Stunde wurden Vater und Sohn Hövel festgenommen. Beide gestanden, die Geschichte vorgetäuscht zu haben, um an die Diamanten zu kommen. Was interessieren 2.500 Euro, die Diamanten hatten einen Wert von einer Million. Siggi Hövel erschlug Dirk van Bertram und raubte die Diamanten. Die Tatwaffe, ein Flasche Rum, warf er über Bord. Der Fall war gelöst. „Endlich einmal Action!", rief Praktikant Hannes Hansen.

Das Haus am Edersee

Niemand wohnte in diesem Holzhaus unten am Edersee. Es stand einige Jahre bereits leer. Man konnte es nur mit dem Boot erreichen. Alle Leute aus der Umgebung mieden es. In der Nacht spielten sich unheimliche Dinge dort ab. Punkt Mitternacht war dieses Haus hell erleuchtet und es hörte sich an, als wenn eine Frau weinen würde.

Eines Tages kam ein junger Mann ins Bürgeramt Waldeck. Sein Name war Klaus Brückner. Er erkundigte sich nach dem Haus am See. Gerne würde er es kaufen. Da Angeln sein Hobby war, schien hier ein geeigneter Ort zu sein. Die Dame vom Amt sagte ihm, dass dieses Haus zuletzt einem Bauern aus der Umgebung gehörte, jetzt aber zum Kauf angeboten wurde. Sie meinte, dass es unheimlich dort sei. Klaus Brückner tat alles nur als Gerede ab. „Na ja, sie müssen wissen was sie tun. Sie können es sofort haben, wenn sie wollen. Wir sind froh, wenn es verkauft ist." Klaus Brückner angelte für sein Leben gern, da kam es wie gerufen, dieses Haus am See.

Schon am ersten Abend warf er seine Angel aus, befestigte die Rute am Bootssteg und ging zurück ins Haus. Er vernahm ein leises Wimmern, ging aber darüber hinweg. Am darauffolgenden Abend das Gleiche, nur eindringlicher und lauter. Es kam ihm vor, das Gejammer direkt neben sich hören zu können. Er hatte das Gefühl zu spinnen.

Ein paar Tage vergingen, bis er wieder Zeit fand, seinem Hobby nachzugehen. Auf dem Weg zum Haus traf Brückner ein paar Leute aus der Umgebung. Eine Frau fragte, ob er der neue Besitzer sei und es doch gewaltig dort spuke am See. Sie schaute ihn noch von der Seite an und verschwand. Klaus Brückner wurde nachdenklich. Sollte dieses nächtliche Gejammer etwas damit zu tun haben? Was war hier los?

Am Abend hatte er das Gespräch wieder vergessen. Gut gelaunt machte er sich auf den Weg zum Haus. Wie gewohnt legte er die Angel aus und ging rein. Eine unheimliche Stille machte sich breit. Plötzlich stand eine junge Frau vor ihm. Blutverschmiert und mit Seetang behangen. Ihm wurde schwindelig vor Angst. „Du musst es klären, ich bin ermordet worden. Er läuft noch frei herum, er muss bestraft werden, sonst kann ich keine Ruhe finden." Brückner bekam Angst, versprach aber, ihr zu helfen.

Am Tag darauf fuhr er zum Rathaus, hier konnten sie ihm tatsächlich helfen. Er erfuhr, dass ein Bauer aus der Umgebung, mit Namen Holger Westermann, vor Jahren dieses Haus besaß, gleichzeitig eine junge Frau verschwand. Kurz danach verkaufte er das Haus wieder. WARUM NUR? Verschwieg er etwas?

Gleichzeitig wurde nach dem Mädchen gesucht, Ermittlungen wurden angestellt. Sie wurde als vermisst gemeldet. Aber eine Verbindung zwischen dem Verschwinden des Mädchens und H. Westermann schien nicht zu bestehen! Oder etwa doch? Brückner bedankte sich für die Information. Er hatte eine Vermutung, er hatte ein Gefühl, er hatte Gänsehaut ... ja, er hatte eine schlimme Befürchtung ... er setzte nun alles auf eine Karte, er pokerte jetzt sehr hoch, denn er hatte doch versprochen zu helfen ... sein Vorhaben war riskant, sein Vorhaben war gefährlich ... aber er musste so handeln.

ER FUHR SOFORT ZU WESTERMANN! Er klopfte erst an, er pochte und schlug dann gegen die Tür und schrie: „MACH AUF, DU MÖRDER! ... KOMM' RAUS!"

Westermann schrie zurück, er konnte aber nicht gegen den gewaltigen Druck von Brückner ankommen. Mit ganzer Kraft drückte Brückner die Tür auf! „Ich habe dieses Haus am See gekauft, was war da damals los? Sie sind in jener Nacht beobachtet worden! Man hat Schreie gehört!" Ein Wort ergab das andere ... es wurde heftig geschrien und gestritten.

Holger Westermann knickte ein. Er gestand, sie geschlagen zu haben ... er gestand, sie gefesselt zu haben ... er gestand, dass er sie verhungern ließ. Zum Schluss warf er sie, beschwert mit Steinen, in den Edersee.

Brückner konnte nicht glauben was er hörte. Es lief ihm eiskalt über den Rücken. Er rief die Polizei! Der Mörder wurde verhaftet! Endlich hatten die Leute ihre Ruhe ... endlich hatte die Seele ihre Ruhe.

Brückner verkaufte das Haus trotzdem wieder. Mit dieser Vorstellung konnte er dort nicht bleiben. Das Haus am Edersee ist nun im Besitz eines Autorenpaares aus Westerland. Sie genießen nun die Ruhe und fühlen sich Zuhause.

DER ÜBERFALL MIT FOLGEN

Für den älteren Herrn mit Brille spielten die Fußballer vom FC ... na, ich habe den Ort und die Zahl vergessen, ganz einfach zu zaghaft. Der Herr mit Oberlippenbart meinte, sie spielten einfach nur grässlich. Der Herr mit dem Karo Hemd dagegen interessierte sich nicht für Fußball. Das Trio war bei Gerda Bernshofer gern gesehen, als ich sie besuchte, um diese Geschichte festzuhalten, plauderte sie sofort drauflos. Ich bin Reporter des Dresden-Anzeigers und wollte die Story gern schreiben. Das lag daran, dass ich die 3 Rentner jeden Mittwoch bei ihrer Plauderrunde sah, dabei dachte, was sie wohl früher einmal für Berufe ausgeübt hatten und wie ihr Leben so verlief. Die Gespräche verfolgte ich immer mit einem Ohr mit, denn ich saß regelmäßig einen Tisch weiter, mit meinem Laptop bestückt erledigte ich die Büroarbeit. So wartete ich bei einem Tee auf meine Frau, sie ist in einer Anwaltskanzlei hier in Dresden beschäftigt, gegen 18 Uhr kommt sie dann hierher. Nun, erwähnen muss ich, es war nicht immer Tee, liest sich aber schöner.

Wie gesagt, auch an dem ganz besonderen Tag saß ich, mit einem Ohr hinhörend, am Nachbartisch. Der Herr mit Brille fragte in die Runde, ob noch jemand die alten Porsche Wagen kennt. „Aber sicher", so der Herr mit Karo Hemd, „waren das nicht welche mit VW-Motor?" ... „Nein", so der Herr mit Brille, „die hatten einen Doppelvergaser und ordentlich Bums unter der Haube!" ... „Sach bloß", so der Herr mit Bart, „aber die Form war gleich!" ... „Flacher waren sie, viel flacher, ganz flach!", entgegnete der Herr mit Brille. „Aber eigentlich liebe ich den Melkus RS 1000."

Ich schrieb weiter an meinem Bericht zum neuen Schwimmbad, konnte hier wirklich nicht folgen, es war nicht meine Zeit, ich bin Jahrgang 1991. Den Unterschied zwischen Ketten- und Nabenschaltung am Fahrrad kenne ich wohl, das war das nächste Thema der Herren.

Ich schätzte sie übrigens so um die 75 ein. Fragte mich dann des Öfteren, worüber werde ich wohl mit meinem Tennisfreund Sven später einmal reden? Meine Frau kam pünktlich. „Magst du ein Getränk?", fragte ich. „Heute nicht, Liebster. Beate und Klaus kommen doch heute!" ...
„Ach ja, fast vergessen!"

Von Frau Bernshofer erfuhr ich Tage später, dass die Herren gegen 22 Uhr aufgebrochen sind. Fröhlich wie immer, verließen sie die kleine Kneipe. In der Radeberger Straße, dahinter kam die Dredner Heide, lauerten 2 Männer, die nichts Gutes im Sinn hatten, den älteren, körperlich unterlegenen Herren über 75, auf. Die Männer waren mit Eisenstangen und Gaspistolen bewaffnet. Es war aber nicht möglich, eine Gaspistole von einem echten Schießeisen zu unterscheiden. Es kam, was kommen musste!

In den Polizeiakten, die mir freundlicher Weise Wolfgang E. Burkhardt, Erster Polizeihauptkommissar, zur Verfügung stellte, las ich später:

Die Herren Alfons D., Hubert S. und Herbert B. wurden nachts um 22.45 Uhr von den Männern Detlef R. und Richard T. mit Eisenstangen und geladenen Gaspistolen überfallen und beraubt. Zum Raub kam es jedoch nicht mehr, denn Detlef R., 32 Jahre, und Richard T., 35 Jahre, wurden derart vermöbelt, dass wir den Krankenwagen bestellen mussten.

"Ist doch klar,", sagte mir Frau Bernshofer, "die 3 waren Berufsboxer!"

Ein gemeiner Mord

Ich heiße Sonja und bin 45 Jahre alt geworden. Schade, denn ich hatte das Leben noch vor mir. Als Tochter eines Münchner-Industriellen hatte ich nur Luxus im Kopf, wobei ich aber meine Ausbildung sehr ernst nahm. Mein schulischer Werdegang ging sehr zügig voran. Das Studium der Naturwissenschaften machte ich im Handumdrehen. Mit 30, kurz nach dem Studium, lernte ich einen attraktiven Mann kennen. Etwas älter war Carl und Lehrer in Bad Reichenhall. Geboren wurde Carl in Texas. Wir liebten uns sehr. Oft saßen wir abends stundenlang und diskutierten über Gott und die Welt. Carl war ein sehr gläubiger Mensch und konnte nicht verstehen, dass es so viel Schlechtes auf dieser Welt gab. Wir meditierten jeden Abend miteinander. Der Blick auf die Berge war herrlich. Ich hatte meinen Dr. Titel in Biologie gemacht und war sehr stolz darauf. Einen guten Job hatte ich in Salzburg. Über Marktschellenberg waren es nur sehr wenige Kilometer bis Salzburg. Oft hielt ich in Grödig an der Mozartkugel-Fabrik an und besorgte mir eine große Tüte mit Kugeln und Talern ... himmlisch, sage ich euch! Kruzifix! Dass ich das nicht mehr genießen kann!

Endlich hatte ich die Möglichkeit, mit meinem Liebsten nach Texas zu gehen. Obwohl Carl eine Festanstellung in Bad Reichenhall hatte, wollte er aus familiären Gründen zurück nach Texas. Dort bekamen wir sofort eine Anstellung in Houston. Eigentlich waren wir glücklich, doch eines Abends, als ich von der Uni nach Hause fuhr, folgte mir ein Ford Mustang. Der Fahrer des PKW's wurde immer dreister und fuhr schneller und schneller. Leider war mein Mini schon über 10 Jahre alt, sodass ich ihm nicht entkommen konnte.

Carl hatte auch an diesem Abend das Essen bereitet. Dadurch, dass er früher zu Hause war als ich, übernahm er diese Aufgabe. Carl wartete. Ich kam nicht. Es wurde spät. Carl fuhr die Strecke ab, die ich immer nutzte um

schnell zu Hause zu sein. Carl fand meine Schuhe am Wegesrand.
Ein paar Meter weiter ein abgerissenes Stück von meiner Bluse. Ich musste
mich heftig zur Wehr setzen, was mir letztendlich nichts nutzte. Jetzt
handelte mein Liebster sofort und rief die Kriminalpolizei an. Es wurde zügig
gehandelt und alles in die Wege geleitet.

Die Beamten sicherten die Fundstücke. Aber sonst fanden sie nichts. Auch
nicht meine Brosche aus Gold. Eine riesige Suchaktion wurde gestartet.
Aber auch nach Wochen konnte keiner den wahrscheinlichen Mord an
mich aufklären. Als Carl schon fast den Glauben an die Menschheit verlor,
geschah etwas, dass er nicht fassen konnte.

Etwa drei Monate nach meinem Verschwinden klingelte es abends an der
Tür. Meine Schwester, diese falsche Schlange, stand vor ihm. „Was wollen
sie?", fragte Carl. Was sie wollte war doch klar. Sie wollte das Geld aus
meiner Lebensversicherung. Ich hatte einen sehr fatalen Fehler gemacht,
als ich meine geldgierige Schwester als Begünstige in meine Police
eintragen ließ. Carl sagte ihr vor den Kopf, dass er mit ihr nichts zu tun
haben will. Er wusste genau wie falsch sie war. Kam mich nur besuchen,
wenn sie etwas wollte; und ich falle darauf rein. Ihre Mitleidsmasche hatte
mich das Leben gekostet.

Wochen später wurde meine Leiche gefunden. Man stellte fest, dass ich
erdrosselt wurde. Anschließend hat man mich entsorgt wie einen Müllsack.
Nur eines fanden sie noch nicht, meine goldene Brosche mit Türkise.
Abgebrüht wie diese Hexe war, ging sie zur Polizei und fragt nach dem
Ermittlungsstand. Sie bekam keine Antwort, sondern machte sich nur
verdächtig. Nach ihrem Alibi wurde sie gefragt, da man fast den genauen
Todeszeitpunkt ermitteln konnte. In Ausreden war dieses Biest ja nie
verlegen. Sie wurde ausgefragt, wie das Verhältnis zu mir denn gewesen
wäre und noch vieles mehr. Schnell fand die Polizei heraus, dass sie das
Geld aus der Versicherung bekommen sollte. Jetzt kam man dem Fall schon

etwas näher. Einen dubiosen Freund hatte sie, der auch nichts hatte, sondern ständig Schulden machte. Außerdem war er vorbestraft. Mit so einem Ganoven hatte sie ein Verhältnis, diese Schlampe. Und ich hab' ihn quasi mit unterstützt. Na ja, was soll es, jetzt brauche ich mich wohl nicht mehr darüber aufregen.

Jedenfalls gingen die Ermittlungen in meinem Fall weiter. Einige Wochen später klopfte die Kripo an unsere Tür. Es wurde eine Brosche gefunden, sagte zu man zu Carl. Wem denn diese gehöre, wollte man wissen. Carl erkannte meine Brosche. Die Brosche wurde bei meiner Schwester gefunden. Man folgerte, dass meine Schwester mich aus Habgier umbringen ließ oder sogar mit Hand angelegt hatte. Die Beamten nahmen sie und ihren Lover fest. Diese Giftnatter hatte es nicht anders verdient. Gut, dass man die Brosche fand, sonst würde ich mich im Grab umdrehen, wie man so schön sagt. Carl bekam dann das Geld von der Versicherung. Na ja, wenigstens etwas Erfreuliches.

Jedenfalls hatte ich eine tolle Beerdigung und freue mich, dass Carl wieder eine neue Frau hat. Wie schnell das doch ging. Na, ja, was soll's. Übrigens vermisse ich immer noch diese köstlichen Mozartkugeln aus Grödig!

Eine nette ältere Dame - Teil 1

Maria Müller bestellte gerade in der Bäckerei in Bad Reichenhall vier Brötchen und ein Bauernbrot. Plötzlich fasste sie sich an die Brust und wimmerte: „Mein Herz, mein Herz." Dann sackte sie langsam zusammen. Bäckerin Greta Harnbacher drehte die Wählscheibe an ihrem Telefon. „Bitte schnell einen Arzt, schnell bitte. Bei Harnbacher Zur alten Mühle." Eine Menschenmenge sammelte sich in der Bäckerei und davor, während alle auf den Krankentransporter warteten. Niemand bemerkte, wie zwei gutgekleidete Herren, mittleren Alters mit Aktenkoffer die gegenüberliegende Bank betraten. Es bemerkte auch niemand, wie zwei gutgekleidete Damen den daneben liegenden Juwelier betraten. Niemand merkte, wie zwei Halbstarke mit Elvis-Tolle, sich vor den Türen der Bank und des Juweliers positionierten. Die Halbstarken, in Jeans und Lederjacke, schauten regelmäßig auf ihre Uhren und gaben sich Zeichen. Währenddessen zückten die beiden Herren in der Bank, Maske und Eisen. „Jeder bleibt da, wo er gerade steht. Dies ist ein Banküberfall, wir machen Ernst und im Koffer ist eine Bombe." Der eine hielt die drei Angestellten in Schach und der andere räumte die Kasse leer. Alles Geld packte er gierig in große Tüten, die in dem Koffer waren. Derjenige, der die Angestellten in Schach hielt, stellte einen Aktenkoffer mit einem tickenden Etwas mitten in den Kassenraum. Drähte schauten heraus. Die Gauner hauten in aller Seelenruhe ab und wendeten ihre schwarzen Mäntel, sodass sie nun weiß waren. Im Juweliergeschäft spielte sich fast das Gleiche ab. Die eleganten Damen ließen sich beraten. Plötzlich hatten sie statt eines Taschentuchs einen Revolver in der Hand. Nicht sehr groß, aber sehr effektiv. Ruck-zuck räumten sie die Auslage leer. Diamantringe und Armbänder und Uhren. Einfach alles was ihnen zwischen die Finger kam. Der Juwelier und seine Angestellten hockten in einer Ecke. Vier Meter vom Not-Schalter entfernt, um bei der Polizeiwache Alarm zu schlagen. Beide sahen nicht, wie die

Diebinnen eine andere Perücke aufsetzten. Diese Perücken waren schwarz. Die Mäntel der Damen wurden auch gewendet, sodass sie weiß waren. Inzwischen traf der Krankenwagen ein. Polizisten befragten die Bäckerin. Zwei Notärzte trugen auf einer Bahre die ältere Dame Maria Müller zum Krankenwagen. In diesem Augenblick gaben die Halbstarken den Männern in der Bank und den Frauen im Juwelierladen ein Zeichen. Die vier Erwachsenen gingen auf den Krankenwagen zu, zwangen die Ärzte einzusteigen und brausten mit Blaulicht los. In einem nahegelegenen Waldstück bei Bayerisch Gmain zwangen sie die ältere Dame als Geisel mit in ihren gestohlenen Fluchtwagen zu steigen. Die Bande, einschließlich der Halbstarken, floh über die Grenze nach Österreich und wurde nie wieder gesehen. Im abgestellten Koffer in der Bank war übrigens keine Bombe, sondern ein alter Wecker. Maria Müller hieß auch nicht so, sondern war die Großmutter der Bande. Auch die Enkel waren involviert. Und der Clou: Großmutter entwickelte den Plan!

Agathes Code

Wer kennt sie nicht, die fantastischen Abenteuer des Monsieur LeGrant oder die Fälle von Kommissar Jack Miller. Agathe X. war eine sehr erfolgreiche Autorin in Herzhausen. An ihrer Seite sah man stets ihren Sohn Peter. Ihr erstes Buch wurde bereits zum Bestseller. Peter bewunderte seine Mutter, wollte unbedingt die Geheimnisse des Geschichtenschreibens erlernen. „Fantasie und viel Ruhe brauchst du, mein Sohn.", sagte die erfolgreiche Mutter. Abend für Abend saßen sie bei einem Glas Wein beisammen, plauderten über dies und jenes, diskutierten, machten sich Stichpunkte. Schon war die Grundlage für eine neue Geschichte geboren. „Es sind die Dinge, die im Alltag passieren", sagte Agathe. Klug, wie die Mutter war, sorgte sie bei Peter für eine gute Ausbildung. Über den Beruf des Buchbinders bis zum Studium arbeitete sich Peter an die Spitze. Sein Bruder Leo hingegen war ein Lebemann. Mutters Unterstützung verprasste er meist im Spielkasino. Leo war genauso talentiert wie sein Bruder, aber irgendwie verstand er das Leben nicht. Erfolg kam eben nicht von ungefähr. Peter richtete sein Arbeitszimmer neben Agathes Büro ein. Jetzt hatte er alles an Handwerkszeug beisammen, durch Mutters Gespräche am Abend sprudelten die Ideen. Agathe hatte wieder einen Bestseller. Peter schrieb das erste Buch unter Agathes Namen, Agathe war begeistert vom Inhalt und ließ es zu. Es wurde ein ordentlicher Erfolg, beide freuten sich. Natürlich schob Agathe einen neuen Fall von Kommissar Jack Miller hinterher. Wie es in der Brache so war, zog der Name und so steigerte sich auch das Buch von Peter nochmals. Mit dem von Peter erworbenen Know-how, setzte er nun auch das Internet ein, man sprach über Peter, man kannte ihn jetzt. Dabei setzte er zwei Künstlernamen ein, Cora Brix und Henry Desmond. Erfolg über Erfolg war das Resultat. Schreiben, Weinabende mit Mutter, ... die beiden wurden ein Erfolgsduo. Und niemand kannte ihre Herkunft.
Der erste oder zweite Platz war ihnen in den Bestsellerlisten sicher.

Peter erwarb von seinen Einkünften Grundstücke, Agathe sparte alles und legte das Geld und die Wertpapiere in ihren Tresor. Nun, es war ein Panzerschrank mit modernster Technik, mechanische und elektronische Zahlenkombinationsschlösser kamen zum Einsatz. Millionen lagen darin und warteten. Auf was eigentlich? Agathe war eine glückliche und zufriedene Frau. Peter war versorgt und Leo schlug sich so durchs Leben. Er würde ja sowieso genug erben. Peter dagegen war nicht auf die Erbschaft angewiesen.

Die Zeit verging, der Erfolg der Bücher war immer noch grandios. Leo bohrte immer mehr nach Geld. Agathe versuchte ein letztes Mal, ihren Sohn auf die richtigen Schienen zu setzten. Aber es war zu spät, Leo ließ sich hochverschuldet mit der Mafia ein. Leo versprach dem Geldeintreiber, dass er aus dem Geldschrank seiner Mutter bezahlen würde, nur seine Mutter müsste kurz zum Schweigen gebracht werden. Es passierte tatsächlich so, selbst Kommissar Miller könnte diesen Fall nicht lösen. Alles sah nach einem Unfall aus. Das Fahrzeug von Peter, mit Agathe auf dem Beifahrersitz, überschlug sich mehrmals, stürzte dann den Abhang hinunter. Agathe war sofort tot, Peter überlebte schwerverletzt. Das Haus stand nun wochenlang leer. Leo und zwei Panzerschrankknacker machten sich ans Werk. Die schwere Tresor-Explosion nutzte gar nichts. Herumfliegende Splitter verletzten Leo schwer, die beiden anderen flohen. Als die Polizei eintraf, war Leo schon tot, er verblutete.

Nach Peters Genesung richtete er das Büro neu ein. Agathes Erbe sollte zu 60 Prozent gespendet werden. Die 20 Prozent an Leo kamen noch dazu. Peter spendete einer Autoren-Gruppe seinen Anteil, zur Förderung, so wie es seine Mutter mit ihm gemacht hatte.

Den Code kannte Peter übrigens auch nicht, Agathe sagte nur immer, denke an die Erfolge unserer Bücher!
Peter tippte ein: 1... 2... 1... 3... 1... 2... 1... 4... 2... 1...

Omas letzter Auftrag – Teil 2

Wir erinnern uns noch alle, als Großmutter Maria Müller mit ihrer Bande, 2 Söhne, 2 Schwiegertöchter und 2 Enkel, gleichzeitig eine Bank und ein Juweliergeschäft in Bad Rechenhall überfiel und dann im Krankenwagen flüchtete. Ob in Österreich oder in BGL, sie wurden nie gefasst. Aus der Zeitung wusste die Großmutter vom Geldtresorraub in Bad Wildungen am Edersee. Roland Esser, Freddy Lindenwald, Günther Farber und Holger Biermann drehten 1950 das Ding. Freddy und ihr Sohn Paul waren seit der Kindheit miteinander befreundet. Des Öfteren trafen sich beide in München. Das Geld der Jungs aus Bad Wildungen war langsam aufgebraucht. Maria Müller war zwar eine sparsame Oma, aber sie wollte auch ihre Familie abgesichert sehen. Großmutter kam auf den idealen Plan, ein großes Ding zu drehen. Sie war über 80, hatte aber immer noch genügend Power für solche Dinge. Sie wusste, dass sie irgendwann an Krebs sterben würde, aber ihr Geist litt nicht darunter. Nach zwei Wochen stand der Plan. Alle machten sich mehr oder weniger einen Spaß daraus. Nur Maria Müller war tot ernst. Mit 5000 Mark bestach Oma Müller den Wachmann eines Geld- und Gold- Transporters in Freilassing. Der Transporter fuhr über die Bundesstraße 304 in Richtung Salzburg. Die Orte und die Ankunft wurden sorgfältig geprüft. Nur Sergio, der Wachmann, lachte darüber und dachte, dass die Oma nichts auf die Beine bringen würde. Aber das Geld nahm er gerne an. Einen italienischen Sportwagen wollte er sich kaufen. Mit einem Sportwagen die kurvenreiche Strecke um den Salzburgring zu fahren, das ist schon spannend.

Jeder erhielt von Großmutter eine Order. Roland und Freddy hielten an eine, auf dem Weg gelegene Autowerkstatt. Omas Söhne kauften in Saaldorf-Surheim einen ähnlichen Transporter.

Er wurde umlackiert mit der Aufschrift SECURITY. Der große Tag kam. Maria Müller überließ nichts dem Zufall. Für sie war es das letzte Ding.

Der Krebs ist sehr weit fortgeschritten. Sie wusste von Dr. Krüger, dass es noch wenige Wochen waren.

„Oma", sagte ihr Enkel Toni, „wie sollen wir den Transporter anhalten?" „Sei unbesorgt", so die Oma, „ich sorge dafür." Alle waren bereit. Maria ordnete zwingend an, dass man sich nicht um sie kümmern müsse, denn sie habe alles im Griff. Die Zeit war reif. Der Geldtransporter wollte auf die Hauptstraße abbiegen. „Pass' auf!", schrie ein Wachmann! „Du überfährst die alte Frau dort." Schon passiert. Die Wachmänner stiegen aus. Sofort wurden sie überwältigt. Holger Biermann raste los zur Werkstatt. Vorne rein und hinten wieder raus. Alle waren mit Sprühpistolen ausgestattet und lackierten in unglaublichen zehn Minuten den Transporter in Rot um. Freddy stellte den Transporter auf ein abgelegenes Feld ab und steckte ihn an. Marias Enkel holte ihn ab. Alle trafen sich 50 km hinter Salzburg, teilten den Erlös, und verschwanden.

Ein Brief lag in der Werkstatt:

Es wird alles klappen, ich liebe Euch. Aber mein Krebs zwingt mich zu einer nicht angenehmen Tat. Wenn Ihr das lest, werde ich nicht mehr leben. Bitte lebt Euer Leben.

In Liebe Eure Oma

Denn sie wussten nicht, was sie taten

Es war in den fünfziger Jahren. Es ist die Zeit des Wirtschaftswunders. Aber auch eine Zeit, in der viele das haben wollten, was in den Schaufenstern angeboten wurde. Auch wurden wieder Autos gebaut. Viele liefen noch nicht auf den Straßen, aber sie waren für die meisten Arbeiterfamilien unerschwinglich. Es war ein großes Angebot an Gütern vorhanden. In dieser Zeit aber nicht für jedermann erschwinglich. Dieser Kriminalfall ereignete sich in Hessen. Der Fall stand bundesweit in den Zeitungen.

Holger Biermann, Freddy Lindenwald, Günther Faber und Roland Esser, saßen an einem Samstagabend fast resigniert am Stammtisch in Bad Wildungen, an dem sie sich jedes Wochenende trafen. Die jungen Männer arbeiteten unter Tage. Jeden Tag der Dreck und die stickige Luft im Stollen der Zeche Marie bei Kassel, zermürbte sie. Sie wollten reich sein. Träumten davon irgendwo am Strand zu liegen und das Leben zu genießen. Sie diskutierten den ganzen Abend immer über das gleiche Thema. Außerdem sagte Holger: „Was ist denn schon los hier, in Bad Wildungen?" „Schaut euch doch mal um hier, ihr werdet nichts finden was euer Herz erfreut. Weit und breit nur Baustellen."... „Ja, du hast Recht, Holger.", sagte Freddy Lindenwald. „Nur, leider sind wir an diesen Ort gebunden." Der älteste in der Runde war Günther Faber. Faber meinte: ,,Hört auf zu nörgeln, Jungs. Entweder wir unternehmen jetzt etwas oder wir finden uns damit ab, unter Tage zu arbeiten und hier zu versauern." „Hast du einen Vorschlag, was wir tun könnten?" Roland Esser meldete sich nun auch zu Wort: „Ihr habt ja Recht. Auf der einen Seite ist hier nichts los und im Stollen hab' ich auch keine Lust zu versauern. Aber nicht nur hier in Bad Wildungen wird es so aussehen. Und auch ich hätte große Lust mehr Geld zu haben und hier abzuhauen."

Die vier Männer kamen auf eine dumme Idee. Holger machte den Vorschlag einen Güterzug in der Nähe von Vöhl-Herzhausen zu überfallen.

„Holger, du hast doch wohl den Realitätssinn völlig verloren.", meinte Freddy Lindenwald. „Aber warum denn, wenn wir genau überlegen was zu tun ist, kann doch nichts schief gehen.", sagte Günther.

Alle Männer kamen zu der Übereinkunft, genau herauszubekommen, wann der Zug in den Bahnhof Vöhl-Herzhausen einfährt, aus Frankenberg kommend. In diesem Zug, so hatte sich Holger schon schlau gemacht, ist eine größere Menge Bargeld zu finden. Der Zug beinhaltete teure Seidenstoffe, die aus der Türkei kommen, außerdem mindestens 250.000 DM an Bargeld. Der Güterzug wurde akribisch genau überwacht. „Es wird nicht einfach sein, das Ding durchzuziehen, aber es wird sich für uns alle lohnen, wenn wir zusammenhalten und uns genau an den Plan halten.", sagte Holger Biermann.

Am nächsten Morgen waren die Männer wieder mit ihrer Arbeit im Stollen bei Kassel beschäftigt und die Gedanken an einen Überfall waren erst einmal zurückgestellt. Abends am Stammtisch wurde dann wieder diskutiert und beratschlagt über den Überfall. Alle wollten diese Aufgabe erledigen, denn der Traum vom Reichtum sollte Wirklichkeit werden. Freddy, Holger und Günther kundschafteten am anderen Tag alles aus. Sie wussten nun genau, wann der Zug einfährt. Auch bekamen sie heraus, wo sich der Tresor mit dem Geld im Zug befand. Wie viele Wachposten sich im Zug aufhielten. Sie tranken einige Biere und besiegelten damit ihren Plan. Für den Überfall, planten sie den Freitagnachmittag. Alles musste sehr schnell gehen, sie durften keine Zeit verlieren.

17 Uhr, Freitag der 11, März 1950 in Herzhausen. Alle Männer waren auf ihren Posten. Als Zugführer war Harry verkleidet. Günther als Gleisbauer

und die anderen beiden lungerten als Fahrgäste auf dem Bahnhof herum. Der besagte Zug fuhr langsam ein.

Die Spannung stieg bei den Männern. Aufregung pur. Der Adrenalinspiegel stieg gewaltig. Jetzt ging alles rasend schnell. Im Waggon handelten die Männer sehr professionell. Alles war gut durchdacht.

Sie fanden relativ schnell den Tresor und überwältigten den Zugführer. Alles klappte ausgesprochen gut. Der Tresor war tragbar, sodass sie schnell verschwinden konnten.

Schnell sprangen sie in den dafür vorgesehenen Ford Kombi und fuhren sofort Richtung Süden, über die Bundesstraße 252, dann auf die Autobahn 7, über Österreich nach Italien. Niemand erkannte sie, keiner hielt sie auf. Sie fuhren ihrem Traum vom Reichtum entgegen, ohne ein schlechtes Gewissen zu haben. Man sah sie nie mehr am Edersee.

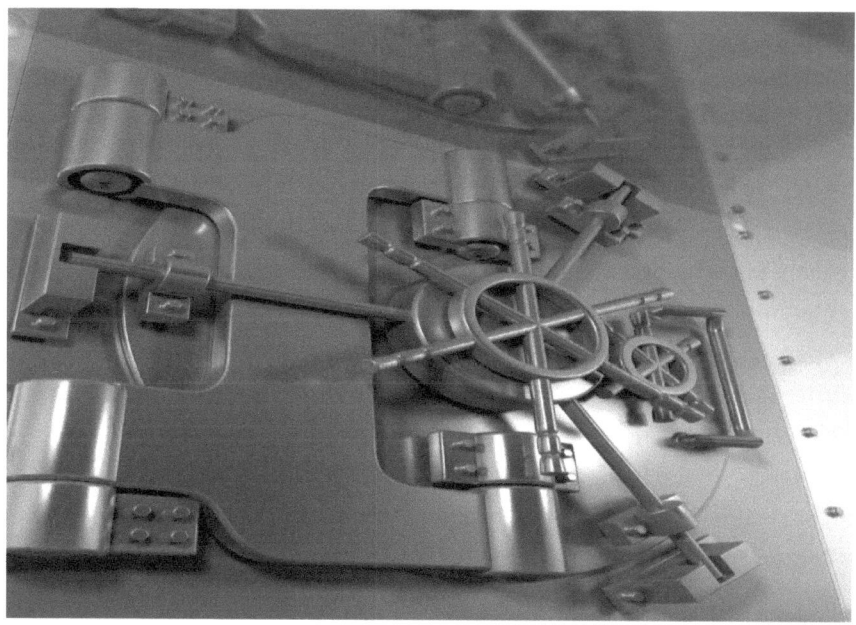

Die Mausefalle

Familie Kardau war eine reiche Familie. Niemand konnte ahnen, womit sie ihren Reichtum zusammentrugen. Die männlichen Familienmitglieder waren nicht gut in Dresden angesehen. Sie waren stets unfreundlich und wollten immer Recht behalten. Frau Kardau und ihre Tochter waren wiederum beliebt. Sie versuchten die Boshaftigkeit der anderen Familienmitglieder zu überdecken. Irgendwann dachte Robert Kardau, Sohn von Paul, dass er nun an der Reihe wäre, das Geld und das Vermögen an sich zu bringen. Die Stimmung innerhalb der Familie war sehr gereizt.

Das viele Geld brachte zwar Reichtümer, Sportwagen, eine Segeljacht und was es sonst noch so gibt. Alles hätten sie genießen können, jedoch Vater und Sohn wurden immer egoistischer. Frau Kardau und ihre Tochter hatten sowieso nichts zu melden. Den Patriarchen des Hauses zu bedienen, war ein ungeschriebenes Gesetz. Jeden Abend träumte Robert von diesem Reichtum. Er war ein geborener Angeber. Doch seine Intelligenz war unübertroffen. Er wusste, dass sein Vater bei schlechter Gesundheit war.

Also plante er Paul umzubringen, damit er schneller an das Erbe kommen konnte. Da Robert auf Nummer sicher gehen wollte, entwickelte er einen ausgeklügelten Plan, so oder so, auch mit einem zweiten Plan, Paul sollte sterben. Ein schnell wirkendes Gift musste her, das er sich über einen Hehler besorgen wollte. Robert präparierte zunächst die Schwimmflossen des Vaters. Mit seiner Fantasie malte sich Robert genau aus, was passieren würde. Sein Vater würde zum 400 Kilometer entfernten Edersee fahren. Alle 3 Wochen tat er dies. Dann setzte er sich immer zuerst auf den Bootsrand, um die Schwimmflossen und die Taucherbrille anzulegen. Jetzt ließ er sich rückwärts ins Wasser fallen. Alles passierte vor den Augen seiner Geliebten Gabi. Nur diesmal stieß die Nadel mit dem flüssigen Gift zu.

Paul würde nicht mehr auftauchen. Man würde Gabi als Mörderin verdächtigen. Seine Fantasien endeten nicht.

Plan B:

Einmal im Monat, traf sich Paul mit seinen Freunden beim Skat. Drei davon waren Zigarrenraucher. So freigiebig wie Paul war, hat er sich immer mit teuren Zigarren die Freundschaft der anderen erkaufen wollen. Robert präparierte die vierte Zigarre. Das Gift wirkt auf die Lunge und löst einen Hustenanfall aus. Er wusste auch, dass sein Vater gern den Sportwagen fährt. Etwa 500 Meter nach der Hofausfahrt telefonierte er immer mit Gabi. Robert manipulierte auch das Handschuhfach. Alles präparierte er mit Giftspritzen.

Aber es kam anders:

Es kam der Tag, an dem es einen kompletten Telefonzusammenbruch gab. Robert befand sich in seiner Lieblingsbar. Seine Schwester traf sich zu der Zeit heimlich mit Johann.

Johann war der Sohn eines angesehenen Industriellen aus Österreich. Auch der Vater von Johann fiel auf die kriminellen Machenschaften von Paul Kardau herein. Er verlor Millionen. Johann und seine Angebetete schmiedeten Zukunftspläne. Er wollte sie aus dieser Familie herausholen.

Nur Frau Kardau war mit ihrem Mann also allein im Haus. Das Telefon funktionierte nicht. Paul befahl seiner Frau das Handy aus dem Wagen zu holen. Nach einer Stunde fand er sie leblos neben dem Wagen liegen. Durch die Beerdigung wurde das Skatspiel abgesagt. Natürlich auch das Tauchen.

Diese Zeit nutzte Roberts Hehler aus, um in das Anwesen einzubrechen. Er war nicht nur Hehler, sondern auch Einbrecher. Wie üblich, zu den normalen Einbrecherutensilien, trug er eine Waffe bei sich. Es ist kein

Geheimnis, aber die Verandatür ist nicht gut gesichert gewesen. Das Wohnhaus wurde nach einem Tresor durchsucht. Paul Kardau hörte Geräusche. Er wollte den Einbrecher stellen und holte seine Waffe aus dem Schlafzimmer.

Beide schossen und Paul wurde tödlich getroffen. Der Einbrecher wurde am Bein verletzt. Er lag am Boden. Nun kam Robert aus der Bar zurück und sah die Tragödie. Der Einbrecher, der ja auch Roberts Hehler war, sagte: „Na, da habe ich dir wohl einen Bärendienst erwiesen." „Hilf mir auf, gib mir 100.000 und die Sache bleibt unter uns." Robert ging zum Tresor, öffnete ihn, ergriff das Geld und fiel kurz danach leblos zu Boden. An seinen Fingern verklemmte sich eine Mausefalle mit einer Giftinjektion, die Paul Kardau aufgestellt hatte.

„Na, das war einmal ein ganz einfacher Fall.", sagte Kommissar Burkhardt zu seinen Kollegen bei der Untersuchung. „Ja, und das Beste, wir und Dresden sind die Kardaus los. Die gingen mir echt auf den Sack.", so Polizeihauptwachtmeisteranwärter Jens Büscher. „Herr Kollege!", rief Burkhardt, „Ich bitte Sie, Contenance bitte!"
… … …
Roberts Schwester übrigens, machte Johann sehr glücklich. Das Vermögen der Kardaus wurde für wohltätige Zwecke gestiftet.

DER GESTOHLENE MORD

Auch an diesem Morgen begann Ella Sempell wie üblich mit einer neuen Geschichte für ihr zweites Kriminalbuch. Bislang schrieb sie Liebesromane unter ihrem eigenen Namen. Aber sie wollte einmal eine andere Richtung einschlagen. Ellas Schreibtisch steht in einem völlig zugestopften Raum in Dresden. Sämtliche Mitbringsel der letzten Jahre hob sie immer auf. Von den vielen Lesungen, rund um die Welt, brachte sie Erinnerungsstücke mit. Jedes erinnert an einen Liebesroman. Sie schaute sich die lieben Dinge an, und denkt darüber nach, wie viele Paare sich in ihren Romanen schon kennengelernt haben. Die Geschichten hatten immer ein gutes Ende. Sie bekam ihn und umgekehrt. Auf der ganzen Welt spielen sich diese Liebeleien ab. Ob die neue Reihe auch so erfolgreich wird? Gedanken machte sich Ella Smith schon darüber, welche Erinnerungen später bleiben würden. Sie lachte über sich selbst und dachte: „Mord, bleibt Mord und Hauptsache der Täter wird dingfest gemacht." Vom Schreibtisch aus, sieht sie auf den herrlichen Stausee Niederwartha. Die Sonne blinzelt durch die Bäume. Von weitem sieht sie den roten Sportwagen ihres Neffen Dirk heranfahren. Wie immer viel zu schnell. „Der Junge bringt sich noch um.", dachte Ella.

Ella hatte lange nichts von seiner Frau gehört. Etwas kriselte es ja immer in dieser Ehe. Sie legte das angefangene Manuskript zu den anderen Manuskripten in den Tresor. Wo bleibt er nur, fragte sich Ella. Sie warf einen Blick durch das Küchenfenster. Dirks Sportwagen stand in der Einfahrt. Sie machte sich einen Kaffee und ging wieder in ihr Büro. Der Neffe kam und begrüßte sie mit einem großen Blumenstrauß. Ella sagte: „Gibt es etwas zu feiern?" „Ja, Tantchen, das kann man so sagen. Ich werde mit meiner Frau eine längere Reise antreten." Ella stellte die Frage: „Ist denn wieder alles in Ordnung zwischen euch?" „Ja, bestens", antwortete Dirk.

Nach etwa einer Stunde verabschiedete sich Dirk wieder. Beide waren guter Dinge für die Zukunft. Ella holte ihr Manuskript wieder aus dem Tresor und schrieb an ihrer Geschichte weiter.

Die Tage vergingen und Ella erhielt eine Urlaubskarte. Sie war froh, denn schließlich ist Dirk ihr einziger noch lebender Neffe. Irgendwann wird er sie beerben.

Die nächste Geschichte stand an. Ein Mord mit einem manipulierten Gasofen. Ähnliche Geschichten gibt es wohl schon, aber Ella konnte so lebendig schreiben, dass es Spaß machte ihre Bücher zu lesen.

Zeit verging …

Es schellte an der Haustür und sie machte auf. Die Kriminalpolizei wollte sie sprechen. Behutsam, erklärte Kommissar Burkhardt, dass es ein schlimmes Ereignis gegeben hat. Dirks Frau erstickte bei einem Tauchvorgang. Die Obduktion ergab, dass sie an einer Überdosis Gift gestorben sei. Ein Stachel eines Rochens war das Übel. Dirk sitzt zurzeit in Untersuchungshaft. „Das ist unmöglich. Mein Neffe kann es nicht gewesen sein." Burkhardt sagte: „Verdächtig ist nur, dass der Stachel des Rochen einen Schnitt aufwies. Der Stachel wurde einem toten Tier entfernt. Das Gift ist nach dem Entfernen immer noch wirksam. Aber wir können es nicht beweisen." Ella erschrak. Sie erkundigte sich einmal bei dem Meeresbiologen Dr. Arndt Bernds, welche Fische Menschen töten können. Es ist allerdings wenig bekannt, dass Rochen noch wirksames Gift in den Stacheln haben, wenn sie tot sind. Hatte Dirk doch etwas damit zu tun? Ella bekam eine Gänsehaut, wenn sie daran dachte. Sie hatte schließlich einen Krimi geschrieben mit dem gleichen Inhalt, das heißt, es ging auch um einen Rochen, dessen Stachel noch wirksam war und jemand umgebracht wurde. Zufall?

Ella ging mit dem Kommissar Burkhardt zum Tresor. Sie musste feststellen, dass das Manuskript nicht mehr da war.
Dirk gestand schließlich den Mord und wurde zu lebenslanger Haft verurteilt. Nur er, und nur er, besaß noch einen Tresorschlüssel und den Code.

Der Schock saß bei Ella sehr tief. Von nun an schrieb sie keine Krimis mehr, sondern hielt sich an ihre Liebesromane.

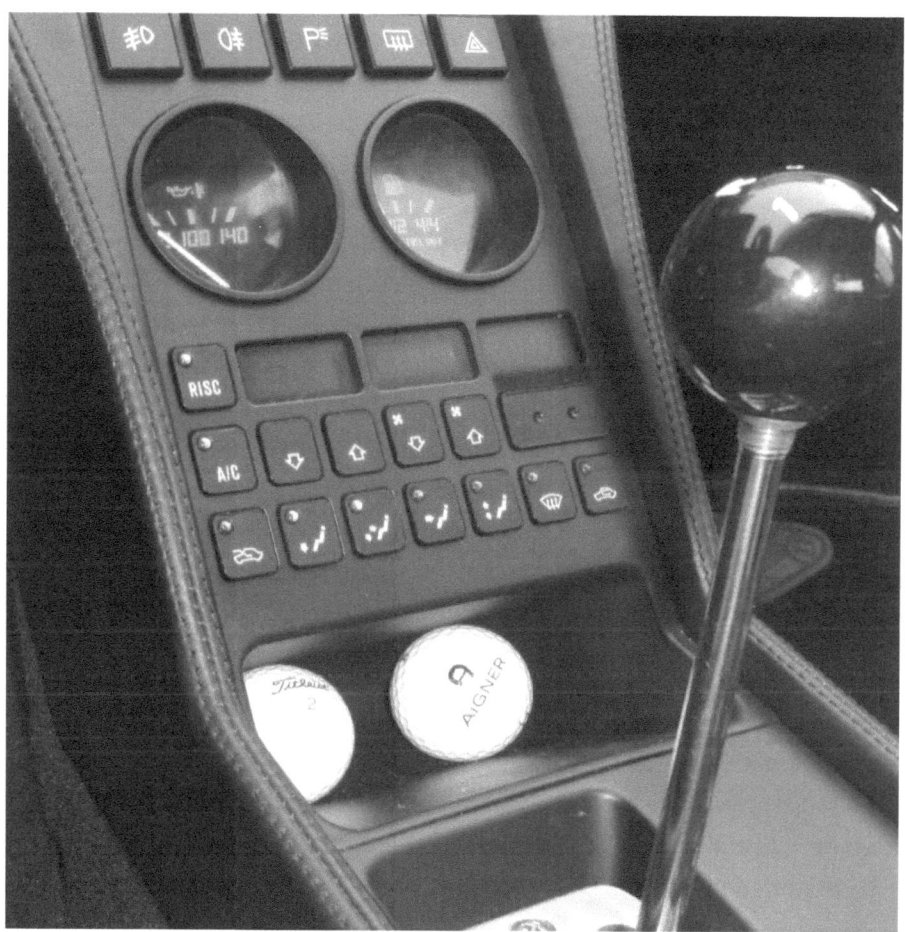

Balkon zum Jenseits

Aus der Polizeiakte: „…. Weiterhin konnte eine Manipulation nicht festgestellt werden. Der Fall ‚Tote auf dem Balkon‘, Aktenzeichen DD3-OG55SK7, wird hiermit geschlossen. Kriminalkommissar Burkhardt, 06.05.2019, Dresden.“

Ja, dann ist es ja gut, das ist dann wohl die kürzeste Kurzgeschichte, die es je gab. Nun, im Ernst, da steckt viel mehr dahinter. Ich bin Journalistin und recherchiere über Internetmobbing, mein Name ist Beate Wardenga vom Kurier in Dresden. Über diesen Fall wurde viel berichtet, viel recherchiert, nicht nur durch die Kripo, sondern auch vom Bauamt in Dresden. Aber irgendwie lagen alle etwas daneben. Damit will ich mich nicht größer machen, aber ich entdeckte da etwas. Alles begann wohl, so meine Recherche, im Juni 2018. Frank Alwendi, ein erfolgreicher junger Manager einer Produktionsfirma hier in Dresden, ersteigerte im Internet eine Eigentumswohnung. Man muss sich vorstellen, für 17.000 Euro. Also ich bitte Sie, liebe Leser, dafür gibt es gerade mal einen Kleinwagen, ohne Bett und Küche. Und fließendes Wasser nur im Motorkühler. Auf jeden Fall war der Haken daran, dass mindestens 125.000 Euro in die Renovierung fließen mussten. Eine neue Tapete und Gips reicht da nicht. Alwendi begann nun mit den Maßnahmen, zunächst mit dem Fußboden und mit den elektrischen Leitungen. Die Fenster sollten im Zuge mit dem maroden Balkon als nächstes auf dem Plan stehen. Zwischen Balkon und Mauerwerk sah man einen zwei Zentimeter großen und etwa 120 Zentimeter langen Riss. Wasser drang ein, im Winter sprengte das Eis alles weiter auseinander. Der rechte Stahlträger war marode und rostete.

In der Firma lief es, wie gesagt, für Frank sehr gut. Bis auf den Tag, an dem die zielstrebige Ilona Meiering vorstellig wurde und ihre Idee verkaufen wollte. „Es tut mir leid, Frau Meiering, aber wir können mit unseren Kunststoffen Ihre Idee nicht realisieren, sorry!“, sagte Frank Alwendi.

„Na dann vielleicht auf einen Kaffee?", entgegnete Ilona Meiering. Reserviert und doch sehr höflich lehnte der Manager ab.

Heute wurden im Wohnzimmer neue Steckdosen verlegt. Frank hatte es eilig, den Zettel an der Windschutzscheibe steckte er beiläufig ein. Herrlich verchromte Teile ließ er sich einbauen, für mich als Frau war das wunderbare daran, trotz Verchromung, dass man keine Fingerabdrücke sah. Also einen Polizeibericht dürfte ich nicht schreiben, der wäre vier Mal so lang, wie der von Kommissar Burkhardt. Ach ja, der eingesteckte Zettel: „Einen Sekt bei mir heute? Ich wohne unter Ihnen! Liebe Grüße Ilona." Frank ignorierte den Zettel, schließlich würde gleich seine Verlobte Angelika nach Hause kommen.

Die Tage vergingen mit fleißiger Arbeit und Stuck-Arbeiten im Wohnzimmer. Von nun an klemmte jeden Tag ein Zettelchen unter dem Scheibenwischer. Ab jetzt kamen auch Anfragen in sozialen Netzwerken. Ab jetzt wurde Ilona sehr aufdringlich.

In der Firma lief es weiterhin gut. Frank Alwendi sollte die Werksprodukte in China vorstellen, auch die Staaten waren sehr interessiert. Der Manager war durch seine Kompetenz, sein Benehmen und Aussehen bestens geeignet dafür. Ach ja, Angelika war die Tochter vom Chef, das musste ich noch erwähnen. Aber ich finde auch, dass Frank gut aussieht. Ich dürfte wirklich keinen Polizeibericht schreiben.

Ein lange vergessenes Urlaubsbild sorgte dann für schlechte Laune. Ein Strandbild mit Svenja, das vor etwa drei Jahren an der Ostsee aufgenommen wurde. Angelika und Frank waren seit zwei Jahren ein Paar. Svenja war eine Urlaubsduselei. Nur, auf dem Foto, war jetzt Ilona zu sehen, lediglich der Kopf, man wusste ja, was mit der Bildbearbeitung so alles möglich war. Zunächst war das Bild in den Netzwerken. Frank schaute nur gelegentlich hinein, aber die fast 2.600 User sahen und teilten es.

Die Wohnung wurde für den Einbau eines Kamins vorbereitet. Frank sicherte die Balkontür mit einem Kindergitter ab. Jetzt konnte die Tür offenstehen, ohne dass der kleine Paul, Angelikas Sohn, auf dem maroden Balkon in Gefahr kam. Frank sah, dass der Eisenträger fast durchgerostet war, jetzt wurde es höchste Zeit für Erneuerung.

Das manipulierte Urlaubsbild hing am anderen Tag an allen Bäumen in der Straße, klemmte an Autos, ja, es drang bis in die Firma vor, auch zu Angelika. Frank öffnete seine Seite im sozialen Netzwerk und sah die Bescherung. Das Konto war gehackt. Ilona führte praktisch einen Liebesdialog mit sich selbst in Franks Account. Löschen nutzte nichts mehr, der Schaden war zu groß.

Angelika trennte sich von Frank, die Firma kündigte fristlos mit dem Grund: **„Herr Frank Alwendi ist für die Firma Deg... und Co KG, Dresden, untragbar geworden."**

Es begannen Depressionen bei Frank Alwendi, sozialer Abstieg und Geldnot, aber das Stalking ging weiter. Frank versäumte es einfach, die Kripo einzuschalten. Der ehemalige Top-Manager war am Ende.

...

Die ersten sonnigen Tage im April 2019. Ilona sonnte sich auf ihrem Balkon, es war Sonntag. Sie schlief ein, bemerkte den feinen Staub nicht, der von oben wehte, vom oberen Balkon. Dort nahm Frank eine Eisenstange der Monteure und drückte den maroden Balkon langsam und mit aller Kraft aus der Verankerung. Wie oben im Polizeibericht zu lesen war, konnte Kommissar Burkhardt nur einen traurigen Zufall erkennen und keine weiteren Spuren finden. Eine junge Frau war im falschen Augenblick am falschen Ort. Aber, ich muss es so sagen, sie war selbst schuld!

Das Medium

Mit täglich fünf Kunden rechnete Josefine Müller. Ihr Arbeitsraum im eigenen Haus in Pieschen war dunkel eingerichtet. Überall waren Kerzen und Symbole aufgestellt. Auf dem runden Holztisch stand eine Glaskugel. Rechts daneben lagen Karten. Josefine war Medium. Ihre Kunden konnten Fragen stellen, Josefine stellte einen Kontakt zur geistigen Welt her und Antworten standen sofort an. Es ging so schnell, dass Josefine erst gar nicht auf die Idee kommen konnte, irgendetwas zu manipulieren. Kunden stellten auch oft nur Testfragen, aber bei richtiger Interpretation hatte Josefine eine Trefferquote von 98 Prozent. Josefine Müller war verheiratet und Mutter eines Sohnes. Bereits in ihrer Jugend sah sie außergewöhnliche Bilder vor ihrem geistigen Auge. Ungewöhnlich war auch, dass metallische Teile von ihrem Oberkörper regelrecht angezogen wurden und kleben blieben. Heute gab sie ihre Wahrnehmungen gern, gegen einen wirklich kleinen Beitrag, an ihre Kunden weiter. Irgendwie muss sie den richtigen Weg gefunden haben, denn ihre Kundenzahl wuchs und wuchs.

Ihr Mann Norbert und ihr Sohn Max haben eine ganz besondere Leidenschaft, die Josefine nur bedingt teilte. Zum einen war es eine riesige Autorennbahn auf dem ausgebauten Dachboden; Favorit von Max war dabei der Ferrari von Michael Schumacher. Außerdem sammelten beide „Männer" im Haus noch Compact-Cassetten. Max war ganz besonders angetan von Abenteuer-Kassetten. Der Vater sammelte die ersten Bänder der Welt ab dem Jahr 1963, PHILIPS, SONY, TDK, BASF und was es da noch so gab.

Heute kam per Post wieder ein Päckchen mit zwei Kassetten. Max war noch in der Schule und Norbert in der Firma. Josefine nahm das Päckchen entgegen und packte es aus, um die beiden Bänder auf den Mittagstisch zu legen. Die Kassetten stammten von einem Händler nahe Hannover.

Das Mittagessen brauchte noch etwa vierzig Minuten.

Josefine setzte sich auf den Küchenstuhl, nahm eine Kassette in die Hand und schloss die Augen. Es war eine Jugend-Kassette, Fünf Freunde, aus dem Jahr 1975. Allmählich sah Josefine verschwommene Bilder, dann wurden sie schärfer und schließlich sogar farbig. Sie sah, wie der kleine Bernd fröhlich aus Papas neuem Audi 100 stieg und in sein Zimmer stürme. In der Hand hielt er die brandneue Hörspiel-Kassette. Bernd legte die Kassette sofort in seinen Compact-Cassetten-Recorder ein. Ganz gespannt saß er nun auf seinem Bett und hörte die Geschichte von der Schatzinsel, auf der fünf Freunde ihre Erlebnisse hatten. Bernd hörte nicht, dass seine Mutter bereits zum vierten Mal zum Essen gerufen hatte. Plötzlich ging die Kinderzimmertür auf und da stand Mutter nun.

Na, dachte Josefine: „Das ist ja wie bei Max so. Es wiederholt sich doch alles im Leben." Josefine stand auf und holte den Braten aus dem Ofen, in zwanzig Minuten würden ihre Männer eintreffen. Sie setzte sich wieder an den Küchentisch und betrachtete die andere Kassette. „Oh, endlich mal etwas für mich, ‚Twist im Star Club', eine Philips Kassette aus dem Jahr 1965", sagte Josefine so vor sich hin. Wieder sah Josefine alles ganz deutlich. Die Musik spielte sehr laut. Zigarettenrauch machte das Wohnzimmer nebelig. Sie sah einen Wohnzimmerschrank in Palisander. Der Fernseher zeigte Schwarzweiß-Bilder. Darüber hing ein Kalender, der das Jahr 1966 anzeigte.

Josefine sah alles aus den Augen einer auf der Couch sitzenden Person. „Gefällt dir die Kassette, Kurt?", fragte diese Person. „Ja, ganz toll!", antwortete dieser Kurt. „Ich hole noch schnell Zigaretten vom Automaten! Lass' uns dann das Tanzbein schwingen!" Auf dem Tisch standen ein Käse-Igel und diverse Flaschen, wie Wein und Wodka. Ein Mann kam in den Raum, die Zigarette in der Hand, er war wohl angetrunken, hatte auffällige Tätowierungen am Arm. Er setzte sich ebenfalls auf die Couch.

„Komm‘, Mädchen, sei nicht so zickig!", lallte der Mann. Für die Person, aus dessen Sicht Josefine alles sah, wurde es nun sehr ungemütlich.

Es handelte sich um Beate Kramer aus Hannover. Josefine sah sogar ihren Ausweis, als Beate in ihrer Handtasche den Lippenstift suchte. Der Mann vergewaltigte Beate und erschlug sie dann mit der Wodka-Flasche. Überstürzt lief der Mann aus der Wohnung. Im Hausflur begegnete er Kurt, der aus dem Automaten um die Ecke Zigaretten gezogen hatte. „Na, Gerd, wieder zu tief ins Glas geschaut? Ich habe heute Besuch von meiner neuen Flamme Beate!", sagte Kurt. Wortlos verließ Gerd das Gebäude.

...

Josefine bekam einen Weinkrampf und sie schrie laut. „Schatz, was ist passiert!", fragte ihr Mann Norbert, der soeben in die Küche kam. Max kam hinzu. „Max, gehe bitte in dein Zimmer, hier ist deine Kassette, Mami hat sich wohl am Kochtopf verbrannt", sagte der Vater zum Sohn.

Stunden später machte Josefine eine Aussage bei der Kripo Dresden. Kommissar Wolfgang E. Burkhardt kümmerte sich persönlich um diesen interessanten Fall. Hin und wieder schaute er in sein Horoskop, aber er wartet immer noch auf die angekündigte Million.

Kommissar Burkhardt nahm Kontakt mit den Kollegen in Hannover auf. Dort wurde im Keller nach den alten Akten gesucht und sogar gefunden. Der Mord wurde nie aufgeklärt. Jetzt endlich konnten die Beamten aus Hannover mit Hilfe von Kommissar Burkhardt aus Dresden den Fall aus dem Jahr 1966 eventuell lösen.

Was war also passiert?

Kurt Degenhardt war zwar der Hauptverdächtige, aber seine Fingerabdrücke passten nicht zur Mordwaffe, der Wodka-Flasche. Kurt war beim Anblick seiner zukünftigen Frau so geschockt, dass er die Begegnung mit Gerd im Hausflur völlig vergaß. Jetzt wurde der mittlerweile 70-jährige Kurt Degenhardt noch einmal vernommen und nach einem Mann mit auffälliger Tätowierung auf dem Arm gefragt.

Er erinnerte sich an seinen Nachbarn Gerd Segmüller. Mord verjährte nie. Intensiv ermittelte Kommissar Burkhardt mit seinen Kollegen nun und klärte den Fall tatsächlich noch auf.

Der 75 Jahre alte Gerd Segmüller wurde gefasst, verhört und verhaftet.

Josefine erholte sich nur langsam von dem Erlebnis. Sie war noch lange in Behandlung. Ihre Gabe, Medium zu sein, verlor sie.

Die Uhr tickt

Der ins Alter gekommene Rechtsanwalt Heinrich Böllinghausen aus Laufen bot seinen Mandanten und Freunden einen besonderen Service an. Böllinghausen hatte so gut wie keine Aufträge mehr, was ihm völlig egal war, denn er war bestens abgesichert. Es scheint so, als gäbe es im Berchtesgadener Land, zumindest in Laufen, keine Aufträge mehr, keine Morde, keine Diebstähle, alles ist gut und positiv. Gern saß er aber in seinem Büro, las die Tageszeitung und genoss um 12 Uhr 30 sein Mittagessen im Restaurant „Zum Krug". Sein Safe war nicht mehr gefüllt, keine Akten waren mehr zu archivieren, alles war entsorgt. Gegen einen kleinen Beitrag von zehn Euro im Monat, konnten jetzt ehemalige Mandanten und Freunde einen Schuhkarton mit ihren Habseligkeiten darin deponieren. Böllinghausen war ja immer vor Ort, sogar an vielen Wochenenden, es erwartete ihn zu Hause auch niemand mehr. Die beiden Söhne hatten ihre Kanzlei in München und Salzburg. Seine Frau war seit nun genau 8 Jahren verstorben. „Mein Name ist Mike Gehldorf, es empfahl Sie Herr Gerhard Wenninger, er war einmal Mandant bei Ihnen. Es ging um Erbrecht und so", Herr Gehldorf, ein etwa 35 Jahre alter und gepflegter Mann stellte sich bei Rechtsanwalt Böllinghausen vor. „Das ist ja nett, aber ich praktiziere nicht mehr", sagte Böllinghausen. „Nein, nein, ich möchte etwas bei Ihnen deponieren. Ich bin Goldschmied, müsste täglich an meine Sachen. In meinem neuen Geschäft wird erst in etwa drei Wochen ein Tresor eingebaut!" Beide einigten sich auf eine Aufbewahrungszeit von maximal vier Wochen. Gehldorf prüfte eingehend den Safe und die Kanzlei. Zwei Straßen weiter wartete Dirk Bosner auf Mike Gehldorf in seinem alten angerosteten Golf. Gehldorf im gepflegten Zwirn in einem in die Tage gekommenen Golf? Nun, sie und zwei weitere Männer hatten es lediglich auf Böllinghausens Tresor abgesehen, mehr nicht.
Eine erfahrene Verkäuferin aus einem Bekleidungsgeschäft hätte sofort die

abgewetzten Stellen an Jackett und Hemd bemerkt. Für einen Goldschmied mit großen Umsätzen bestimmt nicht tragbar. Die beiden anderen in der Ganovenrunde kannten sich mit dem Bau von Bomben aus. „Die Tür zur Kanzlei ist leicht zu knacken. Am Nachmittag, vor unserem Bruch, lege ich die Haustür des Geschäftshauses lahm. Kurt, kümmere dich mit Toni um die Bombe. Wie habt ihr das eigentlich genau vor?", fragte Bosner.

„Wir werden zwei Bomben bauen. Beide mit Zeitzünder, beide sind mit Atomuhren bestückt. Eine der Bomben wird an unserem Golf montiert und eine Straße weiter geparkt, mit der anderen sprengen wir den Safe", so Toni. „Klingt perfekt. Alle sind mit dem Auto beschäftigt. Ich habe uns einen BMW günstig erstanden. Bis zur Grenze nach Italien wird er es schon schaffen, er ist bereits vollgetankt, randvoll!", sagt Mike. Der große Tag kam, die bis ins Detail durchdachte Idee wurde umgesetzt.

Samstag, 17 Uhr: Bosner blockiert mit Zange und Schraubendreher die Geschäftstür. ... 17 Uhr 10: Gehldorf umkurvt den Block, bis er direkt vor dem Geschäftshaus einen Parkplatz für den BMW findet. Toni platziert bereits den Golf in der Nachbarstraße. Der Herbst zeigte seine dunklen Tage. ... Um 19 Uhr 40 betreten alle das Geschäftshaus. Tatsächlich ließ sich die Tür zur Kanzlei leicht aufbrechen. Die Bombe wurde am Tresor platziert. „Wie lange noch, Toni?", fragte Bosner. „Noch etwa acht Minuten, gehen wir in Deckung!", so Toni. Sie verschanzten sich im Nachbarraum. Hier standen schwere Metallregale mit alten Akten die auf den Reißwolf warteten. Drei, zwei, eins ... ein Knall war zu hören. Der Golf stand in Flammen. Die Bombe am Tresor versagte. Warum auch immer! „Los raus hier, nimm die Bombe mit, Toni!", schrie Bosner. Sie warfen sich in den BMW und kratzten die Kurve. „Verdammt, die Atomuhr hat den Kontakt zum Sender verloren, steht auf Sommerzeit! Verdammt!", ärgert sich Toni.

In den Nachrichten war zu hören: „Autobahn A1. Hinter Salzburg in Richtung Mondsee explodierte bislang aus unbekannten Gründen ein PKW. Die vier Männer kamen dabei ums Leben!"

ORDNUNG MUSS SEIN

Angelika Parker war eine attraktive Geschäftsfrau in Dresden. Zudem war sie auch sehr erfolgreich in Leipzig. Mit 36 Jahren schien sie nun auch den richtigen Partner kennengelernt zu haben.

Konrad war Geschäftsführer; nun, eigentlich Verkäufer; also, wenn man es ganz genau nahm, Lagerist. Aber er stellte sich überall als Geschäftsführer vor. Sein Aussehen und seine Visitenkarten waren schon ein echter Hingucker. Angelika war richtig verschossen in ihn. Es störte nur, dass Angelika für ihre Liebsten so wenig Zeit erübrigen konnte. Denn auch Ella Mops kam viel zu kurz. Gassi-Gehen erledigte die Hausangestellte Giesela, Giesela Gresch. Die Mopshündin war sehr glücklich darüber und bedankte sich damit, dass sie heruntergefallenen Abfall aus dem ganzen Haus in die Küche bis vor den Mülleimer trug.

„Gehen wir heute noch zum Griechen?", fragte Konrad. „Du, Conny, sei mir nicht böse, ich muss dringend die Geschäftsbücher durcharbeiten. Geh' du nur, vielleicht komme ich noch nach.", erwiderte Angelika. Konrad stieg in seinen Jaguar und brauste los. Angelika schenkte ihm den Wagen im letzten Monat. Konrad sprach von festen Geldanlagen für beider Zukunft, da konnte er sich einen neuen Nobelwagen wohl angeblich nicht leisten. Und einen Kleinwagen wollte Angelika nicht vor ihrer Villa stehen sehen. „Hey Conny, wo ist denn deine Superbraut?", tönt es Konrad beim Griechen entgegen. „Sie hat wie immer zu tun. Ist Susi heute hier?" Konrad schaut sich angeregt um. In Mini und mit tiefem Ausschnitt stand Susi schließlich vor Conny. „Ach ich bin hin und hergerissen von dir. Für dich würde ich alles tun.", schwärmte Conny. „Wir werden sehen, Conny, ob du das wirklich tust.", sagte Susi und schaute Conny tief in die Augen. „Meine Schwester hat Recht, Conny. Langsam müsstest du dich doch entscheiden, oder? Meine Schwester ist immer für dich da. Deine Vorzeigedame ist doch trostlos.", redete Toni auf Conny ein.

„Hast ja Recht, aber ohne sie komme ich mit meiner Kohle nicht klar.", redete Conny Klartext.

Am nächsten Tag fuhr Conny zu Angelika. Er wollte etwas sagen, da unterbrach Angelika: „Conny, begleite mich morgen bitte nach Leipzig. Im Tresor lagern Diamanten und Bargeld in mehreren Millionen. Ich habe mich von meinem Juweliergeschäft in der City getrennt. Allein wollte ich auch nicht zur Bank." Conny schaute Angelika überlegend an. „Conny? Bist du hier?", lachte Angelika. „Oh ja, entschuldige bitte, natürlich begleite ich dich. Ich fahre jetzt zu mir, tanke den Jaguar und lege mich hin, dann bin ich morgen fit!", sagte Conny erschrocken. Als angeblicher Geschäftsführer hatte Conny ebenfalls einen Koffer in Angelikas Tresor deponiert, so kannte er den Code.

Statt in seine Wohnung zu fahren, fuhr Conny zum Griechen. „Susi ist nicht hier, Conny", sagte Toni. „Ich will auch zu dir, Toni, hast du Zeit?", fragte Conny. An einem abgelegenen Tisch schmiedeten beide einen Plan. Um Mitternacht brach Toni einen älteren Golf auf. „Hier die Walther Pistole, Conny. Vergiss nicht, sie abzuwischen und sie in ihre Hand zu legen. Ihre Fingerabdrücke müssen deutlich zu sehen sein.", erklärte Toni und fuhr fort: „Wer weiß noch von den Diamanten und der Kohle?" „Niemand, nur ich.", antwortete Conny. Am Tatort angekommen, schloss Tony leise die Tür auf. Angelika saß noch mit einem Glas Wein am Schreibtisch. Lilly Mops lag im Körbchen. Der Kamin brannte langsam aus. „Nanu, Conny, ich dachte du schläfst bereits?", sagte Angelika. „Ich wollte dich heute Abend nicht alleine lassen.", flüsterte Conny und ging um den Schreibtisch herum auf Angelika zu. Er wollte ihr gerade einen Kuss auf die Wange geben, da zog er die Walther und schoss erbarmungslos in ihren Kopf. Die Waffe ließ er zu Boden fallen. Toni sah alles vom Fenster aus, er schlug die Scheibe ein und öffnete das Fenster. Danach rannte er zum Golf. Conny gab den Zahlencode im Tresor ein und nahm alles heraus, was er finden konnte. Den Golf versteckten sie in der Dresdner Heide.

Der Jaguar war nicht weit entfernt geparkt. „Hast du an die Fingerabdrücke gedacht?", fragte Toni. „Um Gottes Willen, ich hab's vergessen!", jammerte Conny. „Mist. Dann ändern wir den Plan. Setz' mich an deiner Wohnung ab. Ich teile schon die Beute. Fahr du zurück, wisch' die Waffe ab und drücke sie ihr in die Hand.", befahl Toni. Conny fuhr los. Zwei Straßen vor Angelikas Haus parkte er. Er schloss die Tür auf. Alles schien gut zu laufen. Er stürmte zum Schreibtisch. Aber die Waffe war verschwunden. Conny suchte alles ab. Er fand sie nicht. Erfolglos verzog er sich.

Am nächsten Morgen öffnete Giesela die Haustür. Ella Mops wimmerte fürchterlich. „Ich bin ja da, Ella Mops. Jetzt gehen wir unsere Hunderunde!", rief sie. Im Wohnzimmer erschrak sie fürchterlich. Sie sah ihre Arbeitgeberin blutüberströmt am Schreibtisch. Sie rief die Polizei. Die Polizei, unter der Leitung von Kommissar Wolfgang E. Burkhardt, untersuchte alles. Burkhardt sagte zu Giesela Gresch: „Frau Gresch, gehen Sie mit dem Hündchen erst mal zum Pipimachen. Wir haben hier noch zu tun." Giesela kümmerte sich nun um Ella Mops. Sie ging in die Küche, da lag der Mops. Reinlich wie er war, hatte er die schwere Waffe bis zur Mülltonne geschleppt, so wie Ella Mops alles Heruntergefallene dahin brachte. „Herr Kommissar! Herr Kommissar!", rief Giesela. „Kommen Sie schnell in die Küche!" Der Rest war für die Kripo ein Kinderspiel, denn die auf der Waffe gefundenen Fingerabdrücke waren ja im ganzen Haus zu finden.

„Tja, meine Herren Kollegen, wieder ein gelöster Fall!", rief Burkhardt in die Runde beim Mittagstisch. Übrigens gab es wieder Semmelknödel von Kantinenchef Hubert

Drei Freundinnen auf Ganovenjagd

Wie immer war es im Wartezimmer von Dr. Kiermyr in Berchtesgaden sehr voll. Beate musste eigentlich nur ihr Rezept abholen, aber auch diese Aktion dauert länger. Zu ihren beiden Freundinnen sagte sie: „Wartet doch bitte vor der Praxis auf der Bank. Das Wartezimmer ist oft überfüllt und bei diesen heißen Temperaturen ist es besser so." „Ist ok!", sagte Iris. Beide holten ihr Smartphone heraus und surften im Internet. Nach dem Abholen des Rezeptes wollten die drei 16-jährigen Freundinnen noch in die Eisdiele.

Beate hatte Glück, nicht etwa, dass sie das Rezept sofort erhielt, sie bekam noch einen Sitzplatz. „Grüß Gott", sagte Beate fröhlich. Der Gruß wurde verhalten erwidert. Über das Smartphone gab sie ihren Freundinnen gleich Bescheid, wie der Stand der Dinge ist. Nun schaute sie sich in der wartenden Runde um. Die jüngere Generation hatte den Kopf leicht nach unten gerichtet, mit Blick auf Smartphone und Co., die ältere Generation unterhielt sich untereinander und zeigte voller Stolz das edle Geschmeide aus Gold, Silber und Perlen. Wie sich alles so geändert hatte. Beate wäre gar nicht auf diese Gedanken gekommen. Ihr Opa brachte sie darauf. „Früher war alles anders.", sagte er. „Früher konnten wir noch direkt miteinander sprechen. Und wenn wir zum Herrn Doktor mussten, dann wurden die Schuhe gut geputzt.", so Opa weiter. Beate schaute noch einmal in die Runde. Oma Wuttke trug Schlappen, die kannte Beate noch aus der Straße, in der sie als Kind wohnte. Vielleicht waren es sogar diese Schlappen? Oma Wuttke ist ganz schön auseinander gegangen. Etwas anderes als Schlappen konnte sie nicht mehr anziehen. Die junge Generation, auch Beate, trug Turnschuhe. Die ältere Generation doch schon geputzte Schuhe oder Schlappen eben. Beate schaute sich die wartenden Patienten an, weil sie sich gerade an ihren Opa erinnerte. Aber einer war unter den Patienten, der passte nicht ins Bild. Er richtete sein Smartphone immer wieder auf ältere Patientinnen und sprach dann mit jemandem am anderen Ende. Es gab dann immer ein „ok?" oder „ok!".

Er saß Beate genau gegenüber. Sollte er das Smartphone auf Beate richten, so würde Beate Einspruch erheben, denn fremde Menschen darf man nicht fotografieren.

„Frau Müller ist die Nächste! Bitte Zimmer 2!", ertönte es aus dem Lautsprecher. Frau Müller, verwitwet, besaß bis vor 8 Jahren das Juweliergeschäft in Bad Reichenhall. Mit Schmerzen stand sie auf und verabschiedete sich von ihren Sitznachbarinnen. Drei weitere Patienten bekamen ihre Rezepte ausgehändigt. 2 neue Patienten nahmen Platz. Eine trug eine riesige Goldmünze an einer Goldkette. Sofort zückte der für Beate verdächtige junge Mann sein Smartphone und fotografierte sie. Ein „OK!" kam aus dem Lautsprecher. Das war für Beate doch nun höchst verdächtig. Sie tat so, als würde sie ihre Freundinnen kontakten. Richtete das Smartphone in einem günstigen Moment auf die verdächtige Person und schoss ein unerlaubtes Bild.

„Herr Grompe bitte in Zimmer 1! Und der kleine Max kann mit seiner Mutter schon vor dem Zimmer 2 warten!", ertönte es wieder aus dem Lautsprecher. In diesem Augenblick kam Frau Müller aus dem Behandlungszimmer und fragte an der Rezeption nach einem neuen Termin. Jetzt stand der Verdächtige, aus Beates Sicht, auf und verließ die Praxis. Frau Müller verließ ebenfalls die Praxis.

Zwei neue Patienten betraten im selben Augenblick die Praxis. Plötzlich hörten Beate und andere Patienten einen Hilferuf. „Hilfe! Hilfe! Ein Dieb!" Zweimal rief jemand diesen Hilferuf. Das Personal lief sofort aus der Praxis, gefolgt von Patienten. Plötzlich konnten auch die wieder gehen, die vorher stark gehumpelt haben.

Beate aber kombinierte. Sie schickte ihren Freundinnen, die immer noch vor der Praxis auf der Bank warteten, das Bild des Verdächtigen. „Wenn der aus der Praxis kommt, dann verfolgt ihn unauffällig. Sagt mir dann immer wo ihr gerade seid. Ich rufe die Polizei.", rief sie ins Smartphone. Tatsächlich kam der Verdächtige aus dem Ärztehaus gestürmt. Jetzt ging er mit schnellen Schritten auf den naheliegenden Bahnhof zu. Die beiden 16-jährigen Luise und Iris folgten ihm. „Beate, er läuft auf den Bahnhof zu!", schrie Luise ins Smartphone. Beate rief schon die Polizei. Nun rief sie nochmals an: „Kommen sie bitte nicht zur Praxis. Fahren Sie zum Bahnhof. Meine Freundinnen verfolgen den Dieb." Die Polizei fuhr mit zwei Streifenwagen aus. Der eine fuhr zur Praxis, der andere zum Bahnhof.

Der Dieb überlegte wohl nicht lange. Er sprang in den abfahrenden Zug in Richtung Salzburg. Er schien für immer geflohen zu sein. Luise fotografierte den Einstig und den Abfahrtsanzeiger. Sofort gab Luise die Bilder per WhatsApp an Beate. Beate leitete die Bilder sofort an die Polizei weiter.

In der Zwischenzeit waren Polizei und Krankenwagen vor Ort. Frau Müller hatte Schürfwunden. Sie bekam kein Wort heraus. Alle anderen bemerkten den jungen Mann nicht und konnten nur wenig aussagen. „Eine Jeans trug er, dazu ein rotes Shirt." „Nein, blau war es mit weißen Sportschuhen." Mit diesen Angaben hätte die Polizei natürlich nichts anfangen können. Die Bilder der Mädchen waren jetzt Gold wert. Der Streifenwagen am Bahnhof setzte mit Blaulicht seine Fahrt in Richtung Salzburg fort. In Anif bei Salzburg stoppten die Beamten den Zug. Kollegen aus Salzburg waren bereits vor Ort.

Beate, Iris und Luise wurden in der Praxis gefeiert und bekamen eine hohe Belohnung von Frau Müller. Sie lässt jetzt ihren Schmuck doch lieber im Tresor.

Der letzte Tee

Nun saß er in seinem geliebten Lehnstuhl, trank dabei einen heißen Tee. Earl Grey war sein Lieblingstee, so wie er jeden Tag von Josefine, seiner Hausangestellten serviert wurde. Seinen Blick richtete er auf den Edersee. Er sah auf seine Yacht, einige Million Euro an Wert. Der Garten des herrlichen Anwesens war wunderbar gepflegt. Der Duft der Rosen drang bis zu ihm und ließ den Tee noch besser schmecken. Ein Mann, der in seinem Leben alles erreicht hatte, 67 Jahre alt, eine schöne Zeit wartete noch auf ihn, auf Herrmann Degrothe.

Sein Imperium baute Degrothe mit eiserner Hand auf. Sehr schnell ging es bergauf, er diktierte wo es langging. Mit seiner ersten Frau Sonja hatte Herrmann Degrothe zwei Kinder, Frank und Georg. Schon sehr früh erklärte er ihnen den Erfolgsweg des Geldes. Degrothes Ehefrau Sonja hätte die Söhne lieber auf den Weg der Güte, der Liebe und der Ehrlichkeit geschickt. Aber Herrmann setzte sich durch.

Nun saß also Herrmann Degrothe vor dem geöffneten Fenster, trank seinen Tee und erfreute sich an den Rosen, besser, an seiner Jacht, nein, er erfreute sich an seiner Macht. „Macht, die er auf Geschäftspartner, auf Angestellte, ja, sogar auf seine Familie ausübte." So schrieb es Sonja in einem Abschiedsbrief, den sie Barbara, Herrmanns jetziger Ehefrau, heimlich zukommen ließ. Sonja merkte schon frühzeitig, dass Herrmann ein Auge auf ihre Schwester Barbara geworfen hatte.

Herrmann Degrothe hatte von Anfang an vor, dass Sonja nur Kinder gebären sollte, am besten vier Jungen. Nach dem zweiten Kind ließ sich Sonja sterilisieren, das war ihr Todesurteil. Systematisch tyrannisierte Herrmann seine Frau. Jeder Tag wurde für Sonja zur Qual. Frank und Georg wurden angehalten, mehr aus den Geschäften herauszuholen. Für einen

Hungerlohn zwang ihr Vater sie, erfolgreich zu sein und zu betrügen.
Am Anfang des Geschäftslebens, als Sonja noch an Liebe dachte, schien
alles gut zu laufen. Beide schrieben frühzeitig ihr Testament. Übertrugen
alles gegenseitig. Herrmann war auch noch einverstanden, dass im Falle
eines Versterbens von beiden, die zwanzig Jahre jüngere Barbara als Erbin
eingesetzt würde. Das lag nun vierzig Jahre zurück.

Vor drei Jahren kam Sonja bei einem Unfall ums Leben, zumindest stand es
so in den Polizei-Akten. Das Ehepaar Degrothe kam auf ihrer Jacht in ein
Unwetter, Herrmann kehrte allein zurück. Spekuliert wurde bis heute.
Barbara kam zur Trauerfeier aus Rom in das Haus ihres Schwagers. Ihre
kleine Wohnung konnte sie ohne weiteres ein, zwei Wochen allein lassen.
Anhang hatte die hübsche junge Frau nicht. Sie trauerte im Haus der
Degrothes. Bereits am zweiten Tag veränderte sich Barbara. Sie wurde
schlapper, lustloser und müder. Herrmann war sehr zuvorkommend,
verwöhnte sie mit köstlichem Tee. Die junge Frau ahnte nicht, dass sie mit
Drogen vollgepumpt wurde. Bereits nach drei Monaten zwang Herrmann
sie zur Heirat. Völlig willenlos sagte Barbara leise „Ja" zum
Standesbeamten. Man könnte denken, das damals verfasste Testament
ließe sich doch einfacher aus dem Weg räumen. Nein, daran dachte
Herrmann nicht mehr, er wollte die junge Frau als Eigentum, als Hörige.

Mittlerweile flüchteten Frank und Georg aus den Firmen und der Macht des
Vaters. Dem Druck hielten sie nicht mehr stand. Frank erfuhr, dass bei
einem Immobiliengeschäft sein Vater einen Mitkonkurrenten aus dem Weg
räumen lassen hatte. So gierig wurde Herrmann Degrothe im Laufe der Zeit.
Heute arbeitet Frank als Buchhalter, Georg als Steuerberater. Natürlich in
einem anderen Land. Wo genau, das wusste niemand.

Barbara ereilte eine Hautallergie, eine unangenehme Sache, denn es juckte
schrecklich. Geistesgegenwärtig stellte sie ihre Nahrung um. Von nun an
trank Barbara viel Wasser und aß nur trockenes Brot.

Nach vier Wochen fühlte sie sich wie neu geboren. Herrmann verwöhnte sie wieder mit Tee, in den er die Drogen mischte. Nur durch Zufall bemerkte Barbara das Röhrchen mit dem weißen Pulver. Gab es noch mehr davon? Barbara durchsuchte das Haus. Sie wurde fündig. Das Pulver schmeckte leicht bitter, außerdem hatte sie ein betäubendes Gefühl auf der Zunge. Was sollte Barbara nun tun? Neuerdings war die Eingangstür verschlossen, vor den frei herumlaufenden Rottweilern im Garten hatte sie Angst.

Josefine war ihre Rettung. Barbara wollte ihr eine Nachricht zukommen lassen. Sie setzte sich an den Schreibtisch ihrer verstorbenen Schwester, suchte Papier und Schreiber. Eine Kopie des Testaments lag unter allen Papieren, sowie eine Nachricht an Barbara. „Wenn du das liest, liebe Schwester, dann bist du so verzweifelt wie ich es war. Ich wollte einen Abschiedsbrief schreiben, dachte dann aber, warum soll ich mein Leben opfern. Ich wollte das Schwein umbringen..."

Die ganze Lebensgeschichte war notiert, alles, aber auch wirklich alles kam ans Tageslicht. Aber, der letzte Satz war beängstigend: „Geh' nicht zur Polizei, das Schwein lässt dich umbringen, er hat Mittelsmänner. Er ließ mich auch ständig überwachen. Bring das Schwein um und lebe mit dem Vermögen mit meinen geliebten Söhnen in Frieden. Bitte spende etwas an ‚Frauen in Not' und ‚Menschen mit Drogensucht', du wirst es schon richtig machen. Hinter dem Schreibtisch findest Du Gift. Deine Schwester Sonja."

...

Herrmann saß immer noch auf seinem Lehnstuhl, blickte zur Jacht, genoss seinen Einfluss und seine Macht. Langsam schloss er die Augen, das Gift wirkte. Dieses Mal hatte er etwas im Tee. Dr. Dresen stellte lediglich einen Herzinfarkt fest.

Unaufgeklärt? Gibt es bei mir nicht...

„Mein Name ist Burkhardt, Wolfgang E. Burkhardt, mein Dienstgrad ist Polizeihauptkommissar. Das E steht übrigens für Egbert, aber das tut nichts zur Sache. Ich bin verheiratet. Im Reihenhaus in Dresden wohnen wir bereits 8 Jahre. Es ist nicht weit zu Aldi und Penny. Vor Dienstbeginn kann ich im naheliegenden Schwimmbad noch ein paar Bahnen schwimmen. Man wird ja nicht jünger. Manche Ganoven werden aber wohl immer jünger. Da muss man schon mal einen Sprint hinlegen, um den Typen zu stellen. Nun ja, soviel zu meiner Person. Und machen sie sich bitte nicht auch noch Lustig über meinen Namen, denn alle in der Dienststelle sagen hier „Burkhardt schnappt sie alle, hart und nicht herzlich!".

„Guten Morgen, Herr Kollege!", rief Holger Dreier, Kriminalkommissar. „Guten Morgen, Holger.", erwiderte Burkhardt. „Und? Fasst Burkhardt heute den Killer wieder hart, nicht herzlich?" „Nein, heute gibt es keinen, Dresden ist sauber. Erinnerst du dich noch an den Schabrowsky, Ulf Schabrowsky?" „Ja klar, dein Nachbar, seine Frau wurde doch erschossen." „ Ja, stimmt. Jetzt ist er vollständig gelähmt. Armer Kerl. Heute Abend wollen wir seine Wohnung ausräumen. Er ist völlig blank." „Na dann, viel Spaß, Wolfgang."

Was war damals passiert? In den Akten steht:

Ich, Kriminalkommissar Wolfgang E. Burkhardt, und Kriminalkommissar Holger Dreier wurden zum Tatort gerufen. Beim Eintreffen fanden wir eine geöffnete Haustür vor. Im Flur lag etwa 35 jähriger Mann mit einer Schussverletzung am Kopf. Er war leblos. Auf der Treppe zur nächsten Etage lag eine blutüberströmte

Frau. Es handelte sich um die Hausbesitzerin Helena Schabrowsky. In der ersten Etage saß ihr Ehemann Ulf Schabrowsky auf einem Stuhl. Er stand unter Schock. In der Hand hatte er eine nicht registrierte Handwaffe. Die weiteren Ermittlungen ergaben, dass nach Aussage von Ulf Schabrowsky, Ulf Schabrowsky durch ein lautes Geräusch wach wurde.

Seine Frau schlief im zweiten Schlafzimmer.

Ulf Schabrowsky ist schwerbehindert und kann nur noch wenige Schritte gehen. Dies überprüften wir durch die vorgelegten Atteste. Ulf Schabrowsky nahm seine 9mm-Waffe, die nicht angemeldet war, ein Verfahren wurde eingeleitet, und schleppte sich in den Flur. Er sah eine Gestalt die Treppe heraufkommen. Ulf Schabrowsky rief nach seiner Frau und danach: „Stehen bleiben oder ich schieße!" Ulf Schabrowsky meinte ein Geräusch aus dem zweiten Schlafzimmer gehört zu haben, somit vermutete er seine Frau dort. Gleichzeitig schoss er. Sekunden später ertönte ein zweiter Schuss. Es musste sich also ein zweiter Täter in der Wohnung befunden haben. Die Suche nach dem zweiten Täter blieb erfolglos. Ulf Schabrowsky wurde nicht bestraft, er handelte, laut Richter, in Notwehr.

Ein weiteres Verfahren wegen unerlaubtem Waffenbesitz steht noch an. Fall geschlossen.

Wolfgang E. Burkhardt

Nun, das liegt mittlerweile 8 Jahre zurück. Eheleute Burkhardt zog gerade frisch verheiratet in das Nachbarreihenhaus von Herrn und Frau Schabrowsky ein. Burkhardts Frau, konnte keine Angaben über die Schüsse geben. Sie und ihre Freundinnen trafen sich zum regelmäßigen Kegelabend.

Auf jeden Fall wird heute Abend die Wohnung von Ulf Schabrowsky geräumt. Um 17 Uhr war der Dienst der beiden Kriminalkommissare beendet. Wolfgang Burkhardt traf sich mit 5 Helfern aus der Nachbarschaft im Haus von Schabrowsky. Einige Möbel fehlten, eben das, was sich in einem Heim unterbringen lässt. Persönliche Dinge wurden auch schon geräumt, so dass die sechs Männer alles auf die Straße stellen konnten. Gegen 6 Uhr morgens würde dann der Sperrmüll alles entsorgen. Burkhardt war gerade mit dem ehemaligen Ehebett fertig. Es wurde in Einzelteile zerlegt und auf die Straße getragen. Ein Helfer hob die Kleiderschranktüren aus den Angeln, als beide einen metallischen Gegenstand hinter dem Schrank fallen hörten. „Was war denn das? Hat Ulf etwa hinter dem Schrank eine Leiche versteckt?", flachste Helfer Gerd. „Es hörte sich schon eigenartig an. Da fiel etwas Schweres.", sagte Burkhardt.
Die beiden zerlegten nun vorsichtig den Schrank. Brett für Brett. Nun die Hinterwand. Rums! Ihnen fiel ein Gewehr förmlich vor die Füße. Weitere Gegenstände lagen verstaubt auf dem Boden hinter dem Schrank. Burkhardt rief sofort seinen Kollegen Holger an: „Holger, ich bin es. Hast du Zeit?" „Ja, klar!" „Dann bringe bitte einen Kollegen mit. Ich habe in Schabrowskys Wohnung eine weitere Waffe gefunden."

Holger Dreier und Dirk Ahrens, der sich gerade im Dienst befand, fuhren zu Schabrowskys Haus. Die drei Beamten stellten alle Teile sicher. Da der Tatort bereits so gut wie leer geräumt war, konnten die anderen Helfer ihre Arbeit fortsetzen. Die Beamten fuhren zur Dienststelle. Alle gefundenen Gegenstände wurden auf einem Tisch ausgebreitet.

Es lagen nun auf dem Tisch: 1 Gewehr, Kaliber 8, diverse Kabel, 1 Infrarot-Kamera mit Halterung für das Gewehr, 1 selbstgebauter elektromechanischer Abzug, 1 Antenne, 1 Sendemodul, 1 Empfangsmodul für den Fernseher und ein altes Handy.

„Das glaube ich jetzt nicht. Dieser Fuchs.", sagte Kommissar Burkhardt. Auf das Gewehr steckten sie die Kamera, der originale Abzug wurde durch einen selbstgebauten elektrischen ersetzt, er löst per Funk aus. Der Sender überträgt das Signal der Kamera zu einem Fernseher. Ist die Person im Ziel, so löst man per Funk den Abzug aus. „Also hat Schabrowsky nicht nur seine Frau erschossen, sondern auch den Einbrecher. Vielleicht war es gar kein Einbrecher. Aber da waren ja Einbruchsspuren. Die könnte Schabrowsky auch selbst gemacht haben. Nein, es war so: Der Einbrecher öffnete die Tür, Schabrowsky sah ihn auf seinem Fernseher. Als er im richtigen Augenblick in Kimme und Korn stand, drückte Schabrowsky auf den Auslöser. Der Schuss traf den Einbrecher im Kopf. Danach nahm er die Pistole und erschoss seine Frau.", schlussfolgerte Burkhardt. „Tja, so wird es gewesen sein. Und warum? Ich werte mal die Daten auf dem Handy aus.", sagte Holger Dreier.

Nach einigen Stunden stand der Grund der Tat fest. Auf dem Handyspeicher war zu lesen: „Kannst jetzt kommen, mein Alter schläft, ich gab ihm Schlaftablette. Bin geil auf Dich. Tür ist offen."

Die Ermittlungen begannen aufs Neue, Mord verjährt nie. Nun, zuerst schien es so, als würde das Herz von Kommissar Burkhardt sprechen, doch nun wird der Fall wieder hart und nicht herzlich bearbeitet. Denn gegen Mörder hat Wolfgang E. Burkhardt etwas und gegen Doppelmörder erst recht! Aber er ist gerecht und fair, dieser Kommissar Wolfgang E. Burkhardt.

Die Tote im Hintersee

Jeden Morgen geht Horst Klinke mit seinem Golden-Retriever Gassi. An diesem Tag im Oktober regnete es. Randy, der Golden-Retriever, wurde ungeduldig, zog an der Leine, wollte wohl auf etwas aufmerksam machen. Es war so etwa in Höhe des Cafés. Auch wenn sich Horst Klinke noch so umschaute, er fand nichts in den Büschen oder auf den Booten. Bis auf... er sah im Hintersee in weiter Entfernung einen Schuh schwimmen. Der könnte wohl von aus Schabernack ins Wasser gefallen sein. Oder auch nicht, denn etwas weiter sah er ein Kleidungsstück. „Morgen Horst, nach was hältst du denn Ausschau?", fragte Herbert Neumann, Ruderboot-Besitzer. „Guten Morgen Herbert. So früh schon hier? Ich sehe dort etwas im See.", antwortete Horst. Beide gingen den Weg entlang zu Herbert Neumanns Anlegeplatz. „Ach herrje! Da vorn... siehst du es? Eine Leiche.", sagte Herbert. „Ich rufe sofort die Polizei.", so Horst Klinke.

Es dauerte nicht lange, da standen zwei Beamte vor den Männern. „Guten Morgen die Herren. Mein Name ist Frank Riller, Kriminalkommissar, und das ist mein Kollege Holger Dreier, ebenfalls Kriminalkommissar. Was liegt an?", fragte Frank Riller. Holger Dreier rief: „Ich sehe das Problem schon. Gehört einem von ihnen hier ein Boot?" „Mir", antwortete Herbert Neumann. Riller und Dreier stiegen in ein Ruderboot und steuerten die Leiche an. Sie zogen sie auf den Steg. „Mein Gott, so eine junge Frau. Ich rufe die Sanitäter und einen Leichenwagen.", ordnete Frank Riller an. Danach befragten die Beamten noch Herbert Neumann und Horst Klinke. „Was nun?", fragte Holger Dreier. „Ich denke, wir werden hier alles absperren und uns mit weiteren Kollegen jedes Boot vornehmen müssen.", so Frank Riller. Gesagt, getan. Schnell wurden die Anlegestellen abgesperrt und 4 Beamte durchsuchten alle Boote. Es dauerte nur etwa eine Stunde, da war ein Boot mit Blutspuren gefunden. Außerdem lag der zweite Schuh in einem Boot.

„Na, den Fall werden wir schnell klären.", meinte Frank Riller. „Denke ich auch, denn Riller schnappt immer den Killer.", flachste Holger.

Der Obduktionsbericht ergab, dass die junge Frau mit einem Messerstich getötet wurde. Es handelte sich um Carola M., 16 Jahre. Das Boot gehört Ernst Zschupp, es gehört nicht zu den Verleih-Booten. Zschupp ist Besitzer von zwei Waffengeschäften in Bad Reichenhall und in München. Die Beamten machten sich auf den Weg um Ernst Zschupp zu befragen. Kriminalkommissar Frank Riller schellte an Zschupps Haustür. Ein völlig verstörter Mann öffnete die Tür und sagte: „Woher wissen sie davon?" Riller stutzte und sprach: „Wovon sprechen sie? Sind sie Herr Zschupp, Herr Ernst Zschupp?" „Ja, der bin ich. Kommen sie herein meine Herren." Noch bevor die Kommissare ihr Anliegen vorbringen konnten, begann Ernst Zschupp zu reden: „Gestern kam ein Schreiben hier an, ich solle mich ruhig verhalten. Man hat meinen Sohn Peter gekidnappt. Keine Polizei, ansonsten ist er tot." „Zeigen sie uns bitte das Schreiben.", forderte Holger Dreier. „Sie fordern zwei Millionen Lösegeld und diverse Waffen.", las Dreier vor.

In Bad Reichenhall wurde die Sonderkommission „Hintersee" gegründet. Die Suche nach Fingerabdrücken blieb erfolglos, ebenfalls die Suche nach einem Absenderort. „Nun, dann wird es wohl einen Boten geben.", überlegte Holger Dreier. „Genau, Herr Gerber, verlassen sie eine Hausüberwachung, und das rund um die Uhr.", ordnete Frank Riller an.

Zwei Tage später gab es erste Resultate. Ein neuer Brief traf ein. Ein Beamter folgte dem Überbringer. Lediglich das Nummernschild konnte er sich merken, denn die AMG-Luxuskarosse war für den Beamten viel zu schnell. Wie zu erwarten war das Nummernschild gestohlen. Der Brief wurde geöffnet: „Wir fordern zwei Millionen Euro und die Waffen, die auf der Rückseite aufgeführt sind. Der Treffpunkt ist in genau 48 Stunden auf dem ersten Parkplatz nach der Abfahrt Bad Reichenhall A8 in Piding. Parken sie vor der Behindertentoilette rechts neben dem weißen Transporter.

Tauschen sie dann mit dem Fahrer die Autoschlüssel und befreien sie ihren Sohn. Ihr Sohn ist für uns kein loyaler Geschäftspartner gewesen. Er hat auch sie jahrelang hintergangen.

Als illegaler Waffenhändler war er in Ordnung, aber hätte niemals eine Affäre mit der Tochter unseres Geschäftspartners Wladimir M. anfangen dürfen. Vor allem hätte ihr Sohn Carola M. nicht umbringen dürfen. Alles Weitere wird ihnen die Polizei erklären können."

„Das sind ja Mafiamethoden!", rief Frank Riller in die Runde. „Wir müssen uns vorbereiten.", sagte Holger Dreier.

Der Übergabetag stand an. Zwei Millionen Euro und die Waffen lagen in Zschupps schwarzer C-Klasse. Langsam steuerte er auf den Treffpunkt zu. Der Transporter stand dort bereits. Zschupp stieg voller Angst aus, aus dem Transporter stieg ein Mann im Overall mit Kappe. Sie tauschten die Wagenschlüssel. Mit quietschenden Reifen fuhr der Mann im Overall auf die Autobahn in Richtung Österreich. „Zugriff!", schrie Kriminalkommissar Riller ins Mikrofon. Ein Hubschrauber kam herangeschossen. Vier zivile Streifenwagen umzingelten den Transporter. Der Transporter wurde mit gezogenen Pistolen geöffnet. Darin lagen Wladimir M. und Peter Zschupp, aber sie waren tot. Ernst Zschupp brach zusammen.

In der Zwischenzeit fuhr die schwarze C-Klasse auf Elgershausen zu. Der Hubschrauber hatte sie im Visier. Plötzlich bremste der Wagen ab und fuhr an der Bundesstraße 20 rechts ab. Langsam fuhr der Wagen auf die Brücke Wisbacherstraße zu. Der Hubschrauber wartete ab, denn der Wagen war nun unter der Brücke. Dann beschleunigte die schwarze C-Klasse. Der Hubschrauber folgte. Nach vier Kilometern wurde die C-Klasse von den Kollegen von Feldkirchen gestoppt. Der Wagen wurde eingekreist, die Beamten zogen ihre Waffen. Ängstlich stieg ein Mann aus dem Wagen und legte sich sofort auf den Boden. Er war Kurierfahrer und wurde gemietet. Einen Brief sollte er in Salzburg übergeben.

Da er sonst nur Fahrradkurier ist, wurde der Wagen gestellt. Der Wagen war natürlich gestohlen. Im Brief stand: „Mit uns legt man sich besser nicht an!"

Zschupps C-Klasse stand unter der Brücke. Von dem Fahrer, sowie der Beute, fehlte natürlich jede Spur. Die Bande wird heute noch per Interpol gesucht. Mafiametoden eben.

Die zweite Chance

„Herr Kollege Riller, diese Nachricht soll an sie weitergeleitet werden.",
ertönte es aus dem Telefon. „Herrn Ernst Tschupp ist folgendes aufgefallen.
Sein Autoradio spielte auf der ersten Speichertaste immer Klassik. Nun ist
eine Frequenz auf UKW von 107 MHz gespeichert, die Herr Tschupp nicht
einprogrammiert hat. Er fragt, ob dies wichtig sei.", so der Beamte weiter.
„Das könnte von Bedeutung sein, aber ich weiß es nicht. Auf jeden Fall
merke ich mir diese Aussage.", antwortete Frank Riller.

...

Wochen später erreichte die Bad Reichenhaller Dienststelle eine Anfrage
aus München. „Hier ist Kriminalkommissar Kiermayr aus München. Unser
Computer spuckte die Info aus, dass eine Waffe aus dem Raum BGL bei uns
als Tatwerkzeug benutzt wurde. Ich faxe mal die genauen Daten. Vielleicht
können wir uns zügig kurzschließen." „Ich leite Ihre Anfrage weiter, Herr
Kollege.", so der Beamte in der Dienststelle Bad Reichenhall.

Die Beamten Frank und Holger beschlossen, direkt nach München zu fahren
und Kontakt mit dem Kollegen Kiermayr aufzunehmen. In der Münchner
Dienststelle besprachen sie gemeinsam den Fall. „In der Beethoven-Straße
wurde ein Juwelier überfallen. Er löste den Alarm aus. Bereits zum vierten
Mal wurde er von diesen Männern überfallen. Sie stahlen Bargeld,
Goldvorräte und Diamanten. Wir waren mit fünf Einsatzwagen schnell vor
Ort. Es kam zum Schusswechsel. Ein Täter wurde vor Ort erschossen. Der
andere wollte mit dem Juwelier als Geisel flüchten. Wir schossen auf die
Reifen. Der Täter wollte zu Fuß flüchten. Wir stellten ihn. Dem Juwelier fiel
auf, dass aus dem Autoradio der Befehl kam, dass der Täter in das Parkhaus
fahren sollte.", sagte Franz Kiermayr. Frank Riller fragte sofort: „Wo steht
das Tatfahrzeug? Ich möchte es sehen."

Kurze Zeit später konnte Frank Riller den Wagen untersuchen. „Wir haben uns alles gründlich vorgenommen.", sagte Franz Kiermayr. „Das glaube ich, aber ich möchte nur das Radio einschalten.", so Riller. Und weiter: „107 MHz, dachte ich es mir doch, wie im Mercedes von Herrn Zschupp." „Ist das von Bedeutung?", fragte Kiermayr. „Ja, ich habe mich schlau gemacht. UKW-Transmitter haben eine Reichweite von etwa zwei Metern. Sie sollen ja nur MP3-Musik auf einem Musik-Stick auf dem eigenen Autoradio übertragen. Illegale Transmitter arbeiten bis zu 300 Metern Entfernung. Lasst uns zum Tatort fahren.", schlug Frank Riller vor.

Am Tatort vor dem Juweliergeschäft angekommen, schaute sich Kriminalkommissar Frank Riller um. „Nur vor dem Geschäft gibt es Parkplätze. Davor und dahinter sowie auf der anderen Straßenseite darf nur gehalten werden. Wer vier Mal den Laden ausräumt, der kennt die Gewohnheiten des Juweliers. Ich schlage Wohnungsdurchsuchungen auf der gegenüberliegenden Seite vor."

Am nächsten Tag lag der Gerichtsbeschluss des Richters vor. Beamte der Dienststelle München gingen von Tür zu Tür. Es wurde befragt, durchsucht und nach Spuren gesucht. Drei Wohnungen standen leer. So schien es, denn der Hauseigentümer sprach von zwei Wohnungen. In der dritten Wohnung hingen dunkle, verrauchte Gardienen. Es öffnete niemand. Die Beamten verschafften sich Zutritt. Nun wurde die kleine Wohnung von der Spurensicherung zerlegt.

In der Zwischenzeit wollten die Beamten den gestellten Täter befragen. Bisher hatte er die Aussage verweigert. Er wurde von einem Star-Anwalt vertreten. Kriminalkommissar Riller fragte: „Ihr Name? Woher kommen Sie? Handeln Sie im Auftrag?" Keine Antwort. „Nun gut, wenn Sie es sich anders überlegen sollten, wir kommen wieder."

Nach drei Tagen kamen die Bad Reichenhaller-Beamten wieder in die Münchner Dienststelle. In der Zwischenzeit waren sie im Deutschen-Museum und wurden von Franz Kiermayr privat eingeladen. „Es sind vor fünf Minuten Neuigkeiten eingegangen. Es gab diverse Fingerabdrücke. Einer ist ganz brisant. Er wird Ivan L. zugeordnet. Wir haben schon lange ein Auge auf ihn geworfen. Ihm wird Erpressung und Anstiftung zum Mord nachgesagt. Auch mit der Mafia soll er zu tun haben. Nur können wir ihm nichts nachweisen.", sagte Franz Kiermayr. „Das ist doch was!", rief Frank Riller. „Na klar, wie am Hintersee, Mafiametoden.", sagte Holger Dreier. Sie besuchten nochmals den inhaftierten Täter. Frank Riller wollte hoch pokern: „So mein Freund, nun wissen wir alles. Ihr Auftraggeber Ivan L. beschuldigt Sie ganz allein zu verschiedenen Morden, auch am Hintersee. Das war es dann wohl. Sie werden angeklagt, es gibt kein Entgegenkommen vom Gericht." „Ist da was möglich wenn ich rede?", sprach der Verhaftete in gebrochenem Deutsch. „Möglich. Wenn es wichtig ist.", sagte Riller eher abweisend. „Nein, ich habe niemanden ermordet. Ich war nur Fahrer, auch am Hintersee ... und auch woanders noch. Ivan L. ist Boss in München, er zieht die Fäden. Er plant alles. Zum Hintersee hat er seinen Sohn geschickt. Der flog auf die Tochter von Wladimir ... dieser Schlampe Carola. Als Carola getötet wurde, rastete er aus und erschoss diesen Waffenhändler Tschupp. Dann kam es zum Streit zwischen Wladimir und ihm, er erschoss ihn auch. Ich will wieder Freiheit, ich will zurück in mein Land. Ich habe niemanden ermordet. Bitte helfen Sie mir.", flehte der Verhaftete. „Und warum wurde Carola ermordet?", wollte Frank Riller noch wissen. „Sie wollte Zschupp zur Scheidung zwingen. Im Gasthaus am Hintersee trafen sie sich. Dann brachte er sie um und entsorgte sie im See.", flüsterte Emil H..

„Tja", sagte Holger Dreier, „der Riller schnappt sich immer den Killer.

Ein Toter wird reden

Inspektor Blake arbeitet schon lange im Stadtteil Kensington. Er hatte sich vor einigen Jahren hierher versetzen lassen. Vorher wohnte er in Waterloo-London Bridge. Dass er nach Kensington versetzt wurde, war ihm nur recht. Irgendwie liebte er diesen Stadtteil, da hier viele Persönlichkeiten wie zum Beispiel Freddy Mercury oder Newton und auch die berühmte Schriftstellerin Virginia Woolf lebten. Kensington war sehr belebt, die Bevölkerung wuchs ständig. Aber auch die Kriminalität. Inspektor Henry Blake war im besten Alter und hatte noch einige Jahre zu arbeiten. Kein Problem, denn er liebte seinen Beruf. Da er keine Familie hatte, konnte er täglich Überstunden machen und sich gänzlich seinem Job widmen. Eine Heirat hatte er immer als Ballast empfunden. Dagegen war sein Assistent Tom Sidney glücklich verheiratet. Zwar kinderlos, aber das war ihm egal. Na ja, jedenfalls tat sich einiges in der Verbrecherbekämpfung. Die beiden Polizisten hatten alle Hände voll zu tun. Sie liebten ihren Job, obwohl es immer schwieriger wurde gegen dieses grausame Morden vorzugehen.

Am Morgen des 12. Dezember 1991, sie fuhren gerade durch den Stadtteil Streife, sprang das Funkgerät im umgebauten Austin FX4 an. Der Wagen diente einst als Taxi. Tom Sidney und Henry Blake erschraken wie jedes Mal, wenn das schrille Dröhnen aus dem Gerät drang. „Dieses verdammte alte Ding!", schimpfte Tom, „Da kriegt man ja einen Infarkt." „Hallo, ihr zwei Gauner!", hörte man am anderen Ende der Leitung eine angenehme Frauenstimme rufen! Henni war eigentlich schon in Rente, aber mit ihren 70 Lenzen noch geistig auf Zack. Die Firma riss sich um sie und Henni machte gerne ihren Job. Sie war froh, noch gebraucht zu werden. Gelassen sprach sie weiter mit ihrer noch recht jugendlichen Stimme: „In der Kings Road liegt ein Toter an einem Wasserhydranten, beeilt euch." „Klar, Henni, machen wir doch glatt Süße!", rief Blake durch das Mikrophon! Sie rasten, was das Fahrwerk des alten Austin her gab los.

„Gibt es hier in dem verdammten Stadtteil auch mal Tage, an denen nicht gemordet wird!", rief Tom Sidney fast ungehalten. „Ich glaube kaum.", stöhnte Henry. Am Tatort angekommen, sprangen sie aus dem Wagen und handelten schnell. Der Tote war etwa 1,80 groß, laut seinem Ausweis 75 Jahre alt. Er war außerdem sehr elegant gekleidet. Der alte Herr trug eine Melone, die wohl während des Falls etwas verrutschte und ihm schon fast lustig anzusehen, im Gesicht hing. Der Mantel, den er trug, war aus feinstem Kamelhaar gearbeitet. „Also wie man vermuten konnte, kein armer Mann.", sagte Inspektor Henry Blake zu Tom Sidney. Justus Hoffmann, war ein deutscher Geschäftsmann, der vor Jahren nach London kam, um hier die Firma seines verstorbenen Bruders, samt seiner eigenen Firma weiterzuführen. Blake erfuhr am Telefon, dass Justus heimlich mit Waffen handelte und seine Geschäfte weit bis über den Globus bekannt waren. Er lebte schon lange in London – so erfuhr man – und machte hier unentdeckt seine Nebengeschäfte. Aber wer hatte Interesse, ihn zu töten und warum? Vor allen Dingen, wie brachte man ihn um? Der Tote verbreitete einen recht unangenehmen Gestank. „Eigentlich ungewöhnlich für einen gerade Ermordeten.", sagte Tom. Sie riefen einen Leichenwagen. der den Toten sofort zur Untersuchung in die Obduktion brachte. Die Inspektoren fuhren zurück in ihr Büro und warteten auf Ergebnisse. Die Zeit verging und langsam wurde Henry unruhig. „Mann, das zieht sich heute aber wie Kaugummi hin. Möchte wissen was die alles untersuchen." Weitere Stunden später klingelte endlich das Telefon. Henry nahm den Hörer ab und wartete gespannt auf Informationen. „Reden sie schon Doktor, was haben sie herausgefunden?" Zunächst war Stille am anderen Ende der Leitung. „Tja, was soll ich sagen…", sprach der Arzt von der Leichenbeschau, „der Mann weist keinerlei Spuren eines Kampfes auf. Keine Einstichstellen, keine Würgemale, keine Einschusslöcher. Nichts." „Ja danke. Und wie soll es weiter gehen?" „Wir müssen so lange suchen, bis wir wissen, wie er ums Leben kam, Inspektor. Das wird einige Zeit dauern, bitte noch Geduld." „Danke, Doktor", antwortete Blake, „wir haben ja eh nichts zu tun. Bis die das von der Pathologie rausbekommen haben, ist die Leiche verfault", witzelte der Inspektor. Die Tage vergingen und nichts tat sich. Eines Morgens meldete sich Dr. Braun: „Hallo Leute, es kann weitergehen. Im Fall Opa 75 haben wir ein unglaubliches Ergebnis vorzuweisen." Inspektor Blake wurde ungeduldig: „Jetzt rücken sie endlich raus mit der Sprache, Doktor!" „Tja, wie soll ich es nur sagen? Es ist so…", druckste der Arzt herum, „der Tote wurde quasi von innen in die Luft gejagt. Der Darm ist total zerfetzt. Die gesamten inneren Organe sind zerstört." „Anhand des Geruchs merkte man schon, dass was nicht stimmte.", sagte Inspektor Sidney. „Aber wie sollen wir das verstehen?" „Es wurde ihm ein Zäpfchen verpasst, das mit einem Zeitzünder per Funk aktiviert wurde.", sagte Braun, ein außerordentlich guter Pathologe. Aber hier verlor er fast den Verstand, denn er konnte nicht begreifen, wozu Menschen im Stande sind. Der Arzt erklärte weiter: „Es handelt sich hier um eine kleine Kapsel in der Form eines Zäpfchens, das mit hochaktivem Sprengstoff gefüllt war." „Und wer hat sie ihm in den Darm gesteckt?", fragte Henry Blake. „Ich werde hier meine Arbeit beenden.", sagte der Arzt. „Mehr kann ich nicht tun."

Die Inspektoren hatten jetzt Arbeit vor sich. Blake und Sidney mussten draußen Luft holen, denn einen solchen abartigen Mord hatten sie noch nicht aufklären müssen. Mit welchen Leuten hatte Hoffmann zu tun gehabt? Wer war zuletzt bei ihm oder wo war er? Da er seit Jahren heimlich mit Waffen handelte, konnte man sich eigentlich denken, was dahinter stecken könnte. Sie durchsuchten seine Wohnung. Ein paar Telefonnummern und einige Zettel mit Namen waren die Ausbeute. „Warten sie, Henry", sagte Tom, „lassen sie uns in den riesigen Schrank schauen, der in seinem Schlafzimmer steht." „Klar doch, hätte ich fast vergessen.", antwortete sein Kollege. Als sie die riesige Tür öffneten, fiel ihnen ein Koffer aus den 1920'er Jahren auf. Tom ließ nicht locker und brach den verschlossenen Koffer auf. Bündelweise fielen ihnen die Geldscheine entgegen. Henry war nicht mal überrascht, denn in den

Kreisen, in denen sich der Tote bewegte, wurde mit viel Geld gearbeitet. Waffenhandel musste schnell und mit Barem bearbeitet werden. Henry Blake und Tom Sidney stöberten jetzt erst recht überall nach irgendwelchen Hinweisen, die zur Aufklärung des Mordes führen könnte. Sie nahmen alles auseinander, bis einer der beiden schließlich eine Liste mit Namen fand, die zwischen den Geldbündeln versteckt war. Sie schlossen alles hinter sich ab und die eigentliche Arbeit begann für die Inspektoren in ihrem Büro. Sie durchleuchteten jede Person, bis sie auf einen Unternehmer stießen, mit dem sie nie gerechnet hätten. Niclas Dimitrius. Ein eigentlich unauffälliger Mann, der mit seiner Lebensmittelfirma weltweit bekannt war. Er verkaufte seine berühmten Dimitrius Brotaufstriche recht gut. Ein reicher Mann, der eigentlich mit seinem Leben zufrieden sein musste. Inspektor Blake ließ ihn auf Herz und Nieren überprüfen. Wie erwarten stellte sich heraus, dass Dimitrius mit Waffen handelte, wie Justus Hoffmann auch. „Aber was hatten sie gemeinsam?", sagte Tom. „Ist doch klar.", antwortete Blake. „Sie handelten beide mit Waffen. Hoffmann besorgte sie, wenn die Nachfrage dafür da war. Justus war durch seine Geschäfte aber auch mit den Geschäften des Waffenhandels gut bekannt.
Das hatte sein Leben gekostet."

Die Inspektoren forschten weiter. Es stellte sich heraus, dass Hoffmann auch im Drogenhandel kräftig mitmischte und ganz in den kriminellen Abgrund abgerutscht war. Er wurde von jemandem ermordet, der es arg nötig hatte. Henry Blake und Tom Sidney kamen zu der Überzeugung, dass dieser perverse Mord nur in der Drogenszene geschehen konnte. Tom sagte: „Wo sollen wir denn da suchen? Wo sollen wir anfangen?" Henry überlegte. „Lass' uns einmal versuchen, logisch die Sache aufzurollen. Das viele Geld. Wir müssen unbedingt noch einmal in die Wohnung", sagte Inspektor Blake schon fast resigniert.

Sie fuhren los, aber mit einem schlechten Gefühl im Magen. „Irgendwas erwartet uns noch, ich weiß aber nicht was es genau ist", meinte Tom. „Dieser verfluchte Regen!", regte sich Henry auf. „Man sieht die Hand vor Augen nicht und warum müssen heute alle gleichzeitig mit dem Auto fahren? Es ist einfach zum kotzen." „Aber Inspektor", versuchte Tom ihn zu beruhigen, „die neuen Scheibenwischer liegen im Kofferraum, wir hätten dran denken müssen." An der Eigentumswohnung des Justus Hoffmann angekommen, ahnten die beiden schon etwas. Die Tür war angelehnt, das Siegel abgerissen. Vorsichtig traten sie ein. Da sie von Berufswegen Leisetreter waren, wenn sie in eine Wohnung gingen, hörte der Mann nicht, dass sie hinter ihm standen. Er war Anfang 30, völlig heruntergekommen und wühlte in den Unterlagen herum. „Bleiben sie still stehen und drehen sie sich langsam um, wenn sie ihre Waffe, sofern sie eine besitzen, fallengelassen haben!" Langsam, mit zitterndem Körper drehte sich der Mann zu den Inspektoren um. Er nahm die Hände hoch und ließ sich bereitwillig untersuchen. „Wer sind sie?", fragte Tom leise. „Ich heiße Fred Bailys. Hoffmann hat mit versprochen, an Heroin zu kommen, ich brauche es dringend." „Wo waren sie vor zwei Wochen um 12.54 Uhr?", fragte Henry Blake. „Woher soll ich das denn jetzt noch wissen", zitterte der Mann herum. „Erinnern sie sich gefälligst, es geht hier um einen gemeinen Mord."

Der Mann wirkte ängstlich und begann vorsichtig an zu reden: „Ich habe ihn nicht getötet, aber ich kann Ihnen andere Dinge erzählen, die Ihnen eventuell weiter helfen können. Ich lernte Hoffmann auf einer Wohltätigkeitsveranstaltung kennen. Hier in London natürlich. Ich wusste aber auch, dass dort insgeheim Geschäfte getätigt wurden, die nicht sauber waren. Hier wurde mit Millionen jongliert. Justus schmierte den jungen Leuten Honig ums Maul und verteilte kostenlos Kokainproben. Hinzu kam, dass auf diesen Veranstaltungen auch miese Waffengeschäfte abgehandelt wurden." „Kaum vorstellbar", sagten beide Inspektoren. „Aber warum sind sie hier eingebrochen?"

„Die Tür war auf, da hat vor mir auch jemand versucht, es ihm heimzuzahlen.", sagte Fred Baleys. „Hoffmann hat mich, wie auch viele andere, mit seinen Heroinproben abhängig gemacht. Er verteilte sie immer wieder an die Abhängigen, die dann schmutzige Arbeiten für ihn erledigen mussten. Ja, dieses Schwein hat mich zu einem Kriminellen gemacht. Ich hasse ihn. Ja, ich brauche Geld, viel Geld für Heroin und Kokain. Er hatte dieses Geld. Jeder wusste, dass er die Scheine Bündelweise in seiner Wohnung hortete. Ich wollte heute zu ihm und ihn um einen Kredit bitten, der ihm nicht wehgetan hätte. Als ich sah, dass die Tür offen stand, wollte ich mich selbstverständlich bedienen, ich gebe es zu. Selbst er hatte bei vielen Geschäftsleuten Schulden. Er konnte zwar Bezahlen, hat es aber immer darauf ankommen lassen. Er gab im Ausland Waffenbestellungen für seine Kunden auf, die mittlerweile fast auf dem ganzen Globus verteilt waren, Waffen, die er in einem alten Lagerhaus am Hafen deponierte. Auch die Drogen versteckte er hier.", sagte der Mann, der sein Zittern nicht mehr unter Kontrolle hatte. „Aber gerade, weil es um diese schmutzigen Geschäfte ging, hätte er besser aufpassen müssen. Immer wieder legte er es darauf an." Nachdem die Inspektoren dem Drogenkranken Mann erzählt hatten, wie Hoffmann starb, sagte dieser: „Wissen sie, sein Umfeld ist sehr groß gewesen, da suchen Sie die Nadel im Heuhaufen." Inspektor Blake entgegnete: „Sie haben Recht, das wird im Sand verlaufen." „Wo sollten wir anfangen zu suchen?", meinte Tom. „Vermutlich müssten wir in Russland, China und der Türkei suchen, denn von dort hat Hoffmann die größten Waffen- und Drogenlieferungen bekommen. Wissen Sie, Baleys, in Ihrem Fall werden wir ein Auge zudrücken, denn wir haben keine Drogen bei Ihnen gefunden." Die Inspektoren schlossen den Fall als unlösbar ab. Außerdem war er ihnen einige Nummern zu groß. Sie fuhren mit dem alten Austin in ihr Büro und schlossen die Akte Justus Hoffmann für immer.

Melodie des Todes

Die Davidwache ist die Hauptwache auf der Reeperbahn. Parallel dazu befindet sich etwas versteckt eine kleine Polizei-Dienststelle, die erst vor kurzem ins Leben gerufen wurde. Sie ist nur für die Herbertstraße zuständig, denn Mord- und Todschlag ist auf der Bordellstraße zu einem gewohnten Bild geworden.

Hauptkommissar Harry Scholz, seine Kollegin und rechte Hand Margot Wilmsen, sowie der Kollege Fred Sälzer haben sich vorgenommen, an diesen schrecklichen Verhältnissen etwas zu ändern. Harry Scholz, 56 Jahre alt und Junggeselle, hat schon seit längerer Zeit ein Verhältnis mit Margot. Margot sieht noch toll aus für ihre 53 Jahre. Sie ist Witwe. Der Mann starb vor ein paar Jahren an einer Krankheit. Vorläufig soll ihr Verhältnis auch ein Geheimnis bleiben. Kommissar Fred Sälzer ist ein redlicher Familienvater von zwei kleinen Jungen. Seine Frau hat panische Angst, dass ihm etwas passieren könnte, doch es ist nun mal sein Job. Jedes Mal sagt er ihr das, wenn er morgens ins Büro fährt. Nun ja, wie dem auch sei, an diesem nebligen Freitagabend im November wurden sie mal wieder von Pistolenschüssen jäh an die Realität erinnert.

Conny Jakobs, eine ältere Edelnutte auf der Herbertstraße, wurde mit mehreren Schüssen in ihrem Bett bestialisch niedergestreckt. Weshalb ausgerechnet Conny dran glauben musste, weiß keiner. Nun war es die Aufgabe des neuen Teams, der Herbertstraße, den Fall zu klären. Zuerst einmal war sehr viel Aufklärungsarbeit nötig. Hauptkommissar Harry Scholz sicherte den Tatort und die Leute von der Spurensicherung gingen eifrig zur Sache. „Mensch, gerade Conny, die immer pünktlich ihre Steuern zahlte und regelmäßig den Arzt aufsuchte, musste sterben.", sagte Fred Sälzer. „Nein, nein, da müssen noch andere Dinge im Spiel sein.", murmelte er noch vor sich hin.

Die Spurensicherung ergab kurze Zeit später, dass vor dem Schuss ein Kampf stattgefunden haben musste. Unter den Fingernägeln der Toten fand man Hautreste mit Make-up- Spuren, aber auch Fetzen von einer schwarzen Strumpfhose. Margot Wilmsen meinte, dass dies noch kein Beweis sei um einen Verdacht zu äußern. „Fest steht aber, dass ein gehöriges Stück Arbeit auf uns wartet.", sagte Hauptkommissar Harry Scholz. „Jeder aus diesem Milieu könnte dafür in Frage kommen.", meinte Fred.

An diesem schmuddeligen Freitag, war ordentlich Betrieb auf der Herbertstraße. Fred Sälzer, Harry Scholz und Margot Wilmsen hatten eine schwierige Aufgabe zu lösen. Mit diesem Mord könnten tausend andere Dinge verknüpft sein. Die Etablissements in den Erotikbereichen waren voll ausgelastet. Das Lokal Safari war brechend voll. Die Kommissare betraten das Lokal. Alles wurde totenstill. Die Musik verstummte und die Tänzerinnen auf der Bühne suchten Schutz in den hinteren Räumlichkeiten. Offensichtlich war, dass sich dieser Mord herumgesprochen haben musste, wie sonst wäre dieses Verhalten erklärbar gewesen. Im Laufe der Befragungen stellte sich heraus, dass Conny Jakobs auch in der SMS gut mitmischte. Es stellte sich unter anderem heraus, dass sie zu allem Überfluss noch Drogenhandel betrieb. „Warum setzte sie sich nicht einfach zur Ruhe, alt genug war sie schließlich?", meinte Margot. Drogenabhängige waren überall zahlreich vertreten. Da waren die Untersuchungen hier nicht ganz einfach. Wir müssen noch einmal das Etablissement von Conny durchsuchen, denn ich bin davon überzeugt, dass wir dort einiges finden werden.", meinte Fred Sälzer. Fred nahm seinen Job sehr ernst, denn er wollte seine Frau und die Kinder nicht enttäuschen. Der Rubel musste schließlich rollen. Am anderen Morgen durchsuchten alle akribisch Connys Habseligkeiten, bis auf den kleinsten Winkel. „Ach, übrigens liebe Margot, wie wäre es denn mal wieder mit einem Date?", zwitscherte Harry Scholz und schaute sie verlegen von der Seite an.

„Hast du eigentlich keine anderen Probleme, lass uns erst mal unsere Arbeit tun, dann sehen wir weiter.", entgegnete Margot etwas genervt. „Kommt mal alle her, es ist nicht zu glauben.", rief Fred Sälzer seinen Kollegen zu. In einer raffiniert getarnten Ecke im Kleiderschrank lagen mindestens 30 Tütchen mit Kokain. Die Kommissare waren perplex. Das hätten sie von Conny Jakobs nicht gedacht. Sie machten sich auf den Weg wieder zur Herbertstraße. Auch klapperten sie alle SM- Lokale ab. Alle weiblichen und männlichen Prostituierten wurden befragt. Genauestens wurden alle Aussagen aufgenommen. Sie stießen dabei auf Gina Schäfer. Sie war noch nicht sehr lange auf der Bordellstraße tätig. Jedoch war sie in höchstem Maße Drogenabhängig. Kratzspuren an den Beinen, die sehr tief in die Haut hineingingen, machten die Beamten neugierig.

Nach langer zäher Befragung knickte die junge Frau überraschend schnell ein. Sie kam mit der Sprache heraus und sagte unter Tränen: „Ich wollte das alles nicht, ich weiß nicht welcher Teufel mich an diesem Abend geritten hat." Weiter sagte sie: „Ich brauchte dringend Koks und obwohl Conny wusste, dass es mir finanziell nicht so gut geht, hat sie sich stur angestellt und die Herausgabe des Zeugs verweigert. Irgendwie habe ich ihr immer das Geld gezahlt, auch wenn es später war. „Aber verdammt noch mal, das ist doch kein Grund einen Menschen umzubringen.", sagte Hauptkommissar Harry Scholz. „Wo haben sie eigentlich die Waffe her?", wollte Scholz wissen. „Ich hatte keine, die lag da einfach so herum.", erwiderte die Mörderin. Sie sagte: „Bitte glauben sie mir, ich wollte das alles nicht." „Nun ist es leider zu spät für reumütige Sprüche.", sagte Margot.

Die Täterin wurde abgeführt. Noch nie hatten die Kommissare einen Fall, der so schnell gelöst wurde. „Ich glaube, in Zukunft werden wir noch viel hier erleben." meinte Fred. … Tage später nahm Conny dann doch die Einladung von Harry an. Die Kommissare waren zufrieden, gaben sich die Hand und meinten: „Wir schaukeln das Ding hier schon, nicht wahr Leute?"

Das Drama um Maria Gortales

Jack, ein Seemann, nein, so kann ich es nicht stehen lassen, es wäre eine maßlose Untertreibung, er ist Kapitän des Kreuzers FLIGH AWAY, hat sich mit seiner Frau ein wunderbares Anwesen in Ensenada gekauft. Beide stammen aus Dallas, es zog sie aber nun zum Pacific, nahe ans Wasser eben. Ihr Anwesen strahlt in herrlichem Weiß, die Mauern um das Anwesen herum sind in hellblauer Farbe gehalten. Constanze Miller, Jacks Ehefrau, besitzt das Computer-Unternehmen COMICOM. Gerade zu Zeiten des Internetbooms ist sie mit ihrem Team unwahrscheinlich erfolgreich gewesen. Heute hat sie einen festen Kundenstamm, Ferrari, Porsche, Rolex, für die Millers ein ganz gewöhnlicher Lebensstiel.

Vor zwei Monaten hat sich die neue Hausangestellte Maria Gortales vorgestellt, eine junge Frau mit gutem Ordnungssinn. Lediglich, dass sie Mr. Miller versucht schöne Augen zu machen, stört Mrs. Miller, aber, ach nein, daran ist gar nicht zu denken.

Eines Tages bemerkte Stan Colbey, dass eine negative Front gegen COMICOM aufgebaut wurde. Gab es unzufriedene Kunden oder handelte es sich um Konkurrenz? Der Leiter der Computerfirma übergab das Problem der Hausnahen Detektei. Für die Millers noch kein Grund der Besorgnis. „Konkurrenz eben", sagte Constanze in einem ärgerlichen Ton. Diverse Drohbriefe gab es ja auch schon einmal, erstaunlicher Weise auch in der heutigen Post. Mrs. Miller verabschiedete sich von ihrem Ehemann und fuhr in Richtung Dallas um Hauptsitz der Firma. In einer Konferenz wollte sie mit den Führungsspitzen, der Detektei und der Polizei den Fall erörtern.

Jack nahm sich eine etwas längere Auszeit, nun, er kann sich so etwas erlauben, ein Teil der Reederei ist im Familienbesitz. Er freute sich immer über Maria, sie war fröhlich, erzählte jeden Tag was so in der Stadt los war, mit ihrem niedlichen Sprachfehler klang sie sehr sexy.

Aber Jack kannte natürlich die Grenzen, dafür liebte er seine Frau zu sehr, man kann sagen, abgöttisch. Heute Morgen erschien Maria Gortales in einem recht kurzen Röckchen, der Ausschnitt ließ auch tief blicken. Mr. Jack Miller korrigierte die junge Frau und verlangte einen anderen Kleidungsstiel. Er ging in der Zwischenzeit unter die Dusche. Maria aber änderte nicht ihren Kleidungsstiel, sie kam völlig ohne Kleidung in Jacks Bad. Jack blieb in seiner überlegenen Art völlig ruhig, viele Situationen musste der gutaussehende Seemann, Entschuldigung, Kapitän und Eigner, schon bewältigen.

Er zog seinen Morgenmantel an, legte den seiner Ehefrau Maria Gortales um und ging mit ihr aus dem Bad. „Maria,", sagte Jack Miller, „sie haben bei uns eine sehr gute Stellung, sie sind fleißig, sie sind ehrlich, wir geben ihnen einen hohen Monatslohn, ihre gesamte Familie ist dadurch versorgt, ich bitte sie, machen sie keinen Fehler!" „Aber ich liebe dich.", flehte Maria Gortales. „Maria,", so sagte Jack weiter, „es wird eine Verliebtheit, vielleicht eine Art der Bewunderung sein, aber die Liebe zu meiner Frau Constanze ist über viele, viele Jahre gewachsen. Am Anfang sagt man schnell "ich liebe dich", und dann wächst die Liebe täglich, sie nimmt immer mehr zu, immer mehr erkennt man immer mehr gleiche Interessen, Vorlieben, immer mehr Vertrauen wird aufgebaut, und dann, ja dann kommt der Tag an dem man die Liebe an einem einsamen Ort erleben will, alles andere ist völlig egal. So war es und ist es bei meiner Constanze und mir. Ich drücke Ihnen ganz fest die Daumen, dass auch Sie das erleben dürfen. Sie sind gerade 19 Jahre, alles kann passieren!"

„Aber ich muss dich lieben.", sagte Maria Gortales mit leiser Stimme.

Tage später kam Mrs. Miller zurück. Aufgeregt sagte sie zu ihrem Ehemann: „Was ist mit dem Ferrari passiert?"... „Ich habe nichts bemerkt", wunderte sich Jack, „Maria ist auch schon zwei Tage nicht erschienen, seltsame Anrufe habe ich erhalten!"

„Jack, mein Darling,", sagte Constanze leise, „wir werden erpresst, die Polizei kommt gleich, die Experten verfolgten die Internetangreifer, es ist das Haus in dem Maria Gortales wohnt, es werden wohl ihre Brüder sein, was sie wollen hat die Detektei noch nicht herausgefunden!"

Die Polizei erschien ebenfalls. Der Ferrari war mit Benzin übergossen. Der Zünder funktionierte aber nicht. Im Haus fanden die Beamten versteckte Kameras. Maria Gortales wurde zum Mitmachen gezwungen. Jetzt erst verstand Jack Miller den Satz „Aber ich MUSS dich lieben".

Die Bande wurde verhaftet. Maria aber kam damit nicht zurecht, in ihrem Abschiedsbrief, den der Staatsanwalt neben ihrem Leichnam fand, stand:

Liebes Ehepaar Miller,

ich wollte das nicht, ich liebe Sie beide wie meine Eltern. Sie sind wunderbar. Sie sind ein Traumpaar. Ich hätte Ihnen nie wehtun können. Ich wurde von meinen Brüdern gezwungen dazu. Ich bitte um Verzeihung.

Maria Gortales

GERÄUSCHE ... ACHTUNG AUFNAHME!

Cliff Tendays ist erfolgreicher Musikproduzent. Eigentlich war sein Name Piotr Berdenga, aber wer sollte sich diesen Namen in Chicago einprägen. Auch heute ist sein Musikstudio wieder ausgebucht. Hank übernimmt das Mischpult. Aus den Anfangszeiten ist nur noch das rote Hinweisschild mit der Aufschrift: ACHTUNG AUFNAHME übriggeblieben, sowie der dazugehörige Schalter, damit es hell aufleuchtete.

Cliff sitzt im Büro... im Nebenraum, wird geprobt. Hören kann man nichts, alles ist gut isoliert. Die Eierkartons, die Cliff in den Anfängen einer Schallisolierung an die Wände klebte, sind längst ausgetauscht. In der Zeitung liest Cliff das Dan Briks aus der Haft entlassen wird. Ein Schauer fegt den Musik-Produzenten über dem Rücken. Er erinnert sich, es war dieses heruntergekommene Haus. Nun ist es ja renoviert. Aber Erinnerungen bleiben eben. Cliff war damals auf Namensuche und nach einem Musikstil, der zu ihm passte. Viele Aufnahmen stellte er her. Cliff spielte alle Instrumente selbst. Mischte sie auf dem damals neuen Mischpult ab. Es war sein ganzer Stolz. Er brachte es aus Paris mit. Die dritte Etage mietete Cliff. Die zweite ein älteres gehörloses Ehepaar. In der ersten Etage wohnte der Vermieter. In der Etage über Cliff hatte er nie jemanden gesehen.

„Dance with Dean" sollte sein großer Hit werden. Viele Probeaufnahmen waren schon auf Band. Für das Plattencover engagierte Cliff einen jungen Studenten mit einem Traumbody. Das sollte anlocken. Heute endlich... die finale Aufnahme. Alles klappte perfekt. Aufnahme, Abwicklung, Kontrolle. Aber was war da für ein Geräusch? Cliff ärgerte sich. Alles schien perfekt. Aufnahme, Abmischung, Kontrolle. Was war da für ein Geräusch?

Nun gut, also noch einmal und wieder diese Geräusche. Als gelernter Tonmischer kontrollierte er jede einzelne Tonspur. Da war es. Leise, aber eben als Störgeräusch zu hören. Er verstärkte das Signal mehr und mehr.

Jetzt war ein klägliches Jammern zu hören. „Helft mir, bitte!" Wie sollte dieses Geräusch durch die schallisolierten Wände dringen? Technisch unmöglich, so meint es Cliff. An Mystik oder andere Phänomene glaubt der Tontechniker nicht. Er blieb logisch denkend. Das Geräusch war sauber analysiert. Nun stellte Cliff seine Mikrophone im ganzen Raum auf. Er richtete sie auf alle Wände, den Boden und die Decke. Treffer. Von oben kamen die Hilferufe. Er rief die Polizei. Sie brachen die Tür der oberen Etage auf und fanden eine junge Frau. Sie wurde gefangen gehalten und misshandelt. Mit einer Gabel kratzte sie den Fußboden auf, legte den Teppich drüber, wenn ihr Peiniger zu ihr kam. Sie war am Fuß angekettet kam nicht bis zur Tür und nicht zum Fenster. Mit einem Stahldraht am Hals bekam sie zwar Luft, aber konnte nicht um Hilfe rufen. Heute war endlich der Tag, an dem sie den Holzfußboden durch hatte. Es war ein kleines Loch. Man hätte sie viel eher hören können, aber die Schalldämmung verhinderte es. Dan Bricks, wurde verhaftet. Cliff hatte mit dem Musikstück Erfolg. Zehn Tage war es in Amerika auf Platz 1. Die junge Frau, die wir hier nicht nennen wollen, besucht Cliff einmal im Jahr.

Die Falle

Mexico 1978. Irgendwo in einer kleinen Stadt ereignete sich eine unglaubliche Geschichte. Police Officer Ken Grendell ermittelt in einem Drogenfall. In New York war er Leiter der hiesigen Abteilung. Grendell war ein gewissenhafter Fahnder, der seine Arbeit in der Drogenabteilung sehr ernst nahm. In seiner Freizeit ist er viel mit seiner Familie unterwegs. Das braucht er auch, denn sonst könnte er die vielen Drogentoten, die er täglich sah, nicht vergessen. Alice, seine Frau, schenkte ihm eine wohlgeratene Tochter. Das größte Hobby der Familie war das Segeln. Jede freie Minute verbrachten sie an der Ostküste. Ken Grendell konnte immer schon während der Fahrt wunderbar abschalten. Das fröhliche und herzliche Lachen seiner Tochter half ihm schnell über die schlimmen Ereignisse im Job hinwegzukommen. Zu einem Tatort im Osten der Stadt wurde Ken gerufen. Am Tatort angekommen, sah Jim, Kens Kollege und Freund, zuerst die Leiche. Eine junge Frau, auf dem Bauch liegend. Eine Überdosis brachte sie um. Er drehte die Tote um und musste mit Entsetzen feststellen, dass es die Tochter seines Kollegen Ken war. Taumelnd stürzte er ihm entgegen. Er wusste nicht, wie er es ihm begreiflich machen sollte, dass die Tote seine Tochter war. Zu spät. Ken erkannte seine Tochter an ihrem Lieblingsshirt, mit dem Segelboot. Mit einer Aufklärungsquote von 85% lag Ken Grendell an der Spitze der Abteilung. Das konnte Ken jetzt allerdings nicht verarbeiten. Bei jeder Fahrt zu einem Tatort unterhielten sich Gendell und Jim Clarkson kaum, denn sie wussten schon vorher, was sie erwartete. Leider hatten beide keine Lösung für dieses Problem parat.

Officer Ken Grendell wurde vom Fall abgezogen. Sein Freund Jim versicherte ihm, alles zu tun um gegen das Drogenkartell vorzugehen. Die Zeit verging und die Trauer blieb. Ken verkaufte das Boot und wurde versetzt.

Aber man konnte eigentlich nicht auf ihn verzichten, denn seine jahrelange Erfahrung war sehr groß. Nahe der Grenze zu Mexico wurde Ken nun eingesetzt. Mit einer kleinen Truppe ermittelte er nun an einer Schule. Ein Schüler konnte genaue Angaben über einen Hehler machen. Ein scheinbar einfacher Fall, denn Kens neuer Partner Steve erkannte schnell, wer dahinter steckt. Der Hehler war flink gefunden. Ein junger Mann, selbst abhängig. Er wollte studieren, gelang dann aber in die falschen Kreise und kam somit vom Weg ab. Ein Deal mit dem Officer sollte ihm Strafminderung einbringen. Grendell rechnete mit einem kleinen Quartier der Drogenhändler.

Zwei Tage später war der Ort des Hauptumschlagplatzes bekannt. Officer Steve Miller studierte die Akten. Officer Grendell wollte am Abend auf der Heimfahrt sich einen genauen Überblick verschaffen. Er bog mit seinem Geländewagen von der Hauptstraße in eine unscheinbare Nebenstraße ein. Plötzlich stand er vor „Benson's Top Cars". Inzwischen hatte auch Officer Miller eine Spur. Er versuchte seinen Kollegen über Polizeifunk zu erreichen. Ob es am Funkloch oder am Gerät lag, er wusste es nicht. Er konnte seinen Kollegen einfach nicht erreichen. Der Geländewagen näherte sich langsam dem ehemaligen Büro von „Benson's Top Cars". Alles war verlassen. Officer Grendell durchsuchte das Gelände. Sein Nachtsichtgerät hatte ihm schon manchen Dienst erwiesen. Er konnte nichts Auffälliges entdecken. Hinter einem Zaun stand ein alter Jeep. Grendell erinnerte sich an seine Jugendzeit. Mit diesem Auto hatte er Alice kennengelernt. Er stieg in seinen Geländewagen ein und setzte die Fahrt langsam fort. Plötzlich strahlte ihn die alte Neonbeleuchtung des ehemaligen Autohofes an. Ein grelles Rot. Seine Augen taten ihm weh. Grendell war erschrocken. In diesem Augenblick braußten schwarze Limousinen auf ihn zu.

Männer mit Maschinengewehren stiegen eilig aus. Grendell duckte sich auf den Boden seines Autos. Auf einmal Schüsse, Explosionen und entsetzliches

Gedröhne. Er hatte Glück. Fast wäre er im Kugelhagel umgekommen. Irgendwann wurde es ruhiger. Officer Miller eilte herbei. „Alles ist OK?", fragte er. Miller fand die richtige Spur. Der junge Mann, der an der Schule Drogen verkaufte, war der Sohn eines lange gesuchten Drogen- Bosses. Der Tipp war also eine Falle. Miller sagte zu Grendell: „Es war die richtige Zeit zu stoppen." Grendell sagte, dass er vom Hellen, grellen Licht der Neonbeleuchtung geschockt war. Miller fand es auch äußerst eigenartig. Seit über 10 Jahren hatte dieser Stadtteil keinen Strom.

Officer Jim Clarkson, New York, fand heraus, dass die Tochter seines Freundes Ken nicht drogenabhängig war, als sie starb. Sie ist leider zum falschen Zeitpunkt, am falschen Ort gewesen. War sie jetzt zur richtigen Zeit am richtigen Ort.

AM 20. Januar 2021 wurde mit Joe Biden der 46. Präsident der USA vereidigt. Als Vize-Präsidentin legte mit Kamala Harris erstmals eine Frau den Amtseid ab. Alles kann nur besser werden! Auch was die Corona-Virus-Lage angeht. Bleibt alle gesund!   Renate & Uwe H. Sültz

Der Sichel-Mörder

Es war das Jahr 1896 in London ...

Unheimliche Nebelschwaden legten sich über die Stadt. Es trieben sich unzählige zwielichtige Gestalten in der Stadt herum. Elektrische Laternenbeleuchtung gab es noch nicht. Straßen, und sogar kleinere Nebenstraßen, waren mit dickem Kopfsteinpflaster überzogen. Schritte im Dunkeln konnte man sehr deutlich hören. Bei diesem dicken Nebel war es gruselig in der Nacht.

An einem Freitagabend gegen 21 Uhr, es war wie gesagt kalt und neblig, hielt eine Kutsche genau vor dem Pub von Andree Stone. Ein hagerer Mensch, ganz in Schwarz gekleidet, stieg aus dem Pferdewagen. Er bewegte sich langsam, es war unheimlich anzusehen.

Andree Stone, der Wirt, war ein biederer, alter Mann, der die letzten Jahre in seiner beliebten Bierstube verbringen wollte. So konnte er sich noch ein paar Pfund Sterling verdienen, um die Unkosten des Pubs begleichen zu können. Er rechnete nicht damit, dass um diese Zeit noch ein Gast kam. Heftig pochte dieser an die Scheibe des kleinen Fensters. Wortlos öffnete der Wirt die Tür und deutete mit einer Handbewegung an, dass eingetreten werden kann. Auch dieser suspekt wirkende Herr sprach nicht.

Die schwarze Kleidung und der schwarze Hut, der weit ins Gesicht hing, machte Andree Stone Angst. Außerdem trug der Herr einen schwarzen Koffer mit sich, den er fest in seiner linken Hand hielt. Um Mitternacht war der Pub immer noch durch die zahlreichen Gaslaternen hell beleuchtet. Irgendwann muss der in Schwarz gekleidete Herr den Pub wieder verlassen haben. Niemand hat ihn gesehen und niemand weiß, was sich im Pub abgespielt hat.

Gegen Morgen des folgenden Tages brachte der Zeitungsbote die Daily Mail in den Pub. Der Bote klopfte wie immer an die Tür. Stone rief aber nicht „komm' herein in die gute Stube". Vorsichtig öffnete der Bote die Tür zum Pub. „Herr Stone! Ihre Daily Mail ist hier!", rief er. An der Theke angekommen bemerkte er, dass er in irgendetwas Glitschiges getreten hatte. Der Bote blickte auf den Boden und erschrak. Andree Stone lag in seinem Blut. Der Kopf, Arme und Beine lagen abgetrennt neben dem Torso. Das Blut war komplett aus seinem Körper gelaufen und bildete eine entsprechend große Blutlache.

Von der Polizeiwache, 26 Old Jewry, kam der Beamte Jack Harris in den Pub. Jack Harris drehte sich mit einem verzerrten Gesicht um, als er den Toten sah. Sein Mageninhalt drohte sich selbstständig zu machen. So etwas Grausames hatte er in seiner gesamten Laufzeit als Kripobeamter nicht gesehen.

In einer exakt gerade geschnittenen Linie wurden dem Pub-Besitzer der Kopf und die übrigen Gliedmaßen abgetrennt.

In den darauf folgenden Monaten wurden noch viele Morde gemeldet, die diesem Mord gleich kamen. Immer wieder fanden Kommissar Harris und seine Kollegen zerstückelte Leichen. Es gab aber kein Muster. Niemand wusste, wer das nächste Opfer werden würde. Es traf sogar den armen Daily Mail-Boten. In einer Nebengasse suchte sich sein Blut in den Fugen des Kopfsteinpflasters einen Weg zum Abwasserkanal. Eine Prostituierte ist diesem unheimlichen Mörder ebenfalls zum Opfer gefallen. Ihr nächster Freier bekam einen Nervenzusammenbruch, als er Arme und Beine in der Wohnung verteilt liegen sah. Das Bett der Prostituierten war Blutrot gefärbt … die Matratze völlig durchnässt. Und in einem Fall wurde der Mord entdeckt, weil durch den Holzboden Blut in die darunterliegende Wohnung tropfte. Der getötete war ein Apotheker. Wie gesagt, es ließ sich kein Zusammenhang herstellen.

Kommissar Harris setzte sich mit seinen Kollegen an einen Tisch.
Die Ratlosigkeit in ihren Gesichtern sprach Bände.
Der Täter hinterließ in keinem der Mordfälle eine Signatur.
Lediglich ahnten sie, dass es sich bei der Mordwaffe um etwas Größeres als
um ein Messer handeln musste. Arme und Beine mussten mit einem Hieb
abgetrennt worden sein, so sauber war der Schnitt. Man einigte sich auf die
Akte „Sichel-Mörder". Irgendwann legte man diese Mordfälle vorläufig zu
den Akten. Vergessen wurden sie natürlich nicht.

London 1991 …

Eine Sichel war es in der Tat. Die Sichel war goldfarben und hatte einen
blutroten Griff. Steven Miller bekam sie von seinem verstorbenen
Großvater geschenkt. Er brachte die Sichel aus Boston, USA, mit nach
Großbritannien. Damals sagte er zu ihm: „Mein Junge, diese Sichel ist etwas
Besonderes. Wenn du sie sorgfältig behandelst, wird sie dir Glück bringen.
Solltest du sie aber vergessen und nicht mehr wissen, dass sie in deinem
Besitz ist, wirst du das Unheil kennenlernen. Deine Seele verändert sich und
du bist nicht mehr der, der du mal warst." Steven konnte nicht glauben, was
der Großvater da von sich gab. Die Sichel war aber so faszinierend schön,
dass gleichzeitig etwas Magisches, aber auch etwas Grausames von ihr
ausging. In einem mit rotem Samt ausgelegenen Koffer überreichte der
Großvater Steven die Sichel. Tatsächlich vergaß der junge Mann im Laufe
der Zeit, dass er sie besaß.

Doch eines Tages erinnerte er sich wieder an die Sichel. Er begab sich auf
den Speicher seines Hauses und dachte an seinen Großvater.

Er erinnerte sich wieder an die Worte seines Großvaters. Vorsichtig nahm er
sie aus dem Koffer und versuchte den alten Glanz wieder herzustellen, den
die Sichel einst besaß. Doch es ging nicht mehr. Sie blieb stumpf und rostig.
Doch noch etwas anderes fiel Steven auf. Er merkte, dass mit ihm etwas

geschah. In seinem Körper ging etwas vor sich, dass ihm gar nicht gefiel. Einige Minuten später befand er sich plötzlich nicht mehr in seiner modernen Londoner Wohnung im Jahr 1995, sondern im 19. Jahrhundert.

Jetzt lebte er in einer ärmlich eingerichteten Stube, die sich über einem Krämerladen befand. Sein verschlissener, schwarzer Mantel hing ordentlich an der Zimmertür. Steven war immer wieder von oben bis unten mit Blut beschmiert, doch er schlief tief und fest. Als er erwachte, wurde ihm klar, dass er sich wieder in den Fängen dieser grausamen Sichel befand. Es wurde ihm übel, auch sein schwaches Herz machte nicht mehr lange mit. Was hatte er nur jetzt wieder getan? Jedes Bemühen, sich aus diesem Horrortraum zu befreien schlug fehl. Der junge Mann konnte nicht wieder gut machen, was er getan hatte. Seine moderne Londoner Wohnung ließ ihn zeitweise auf andere Gedanken kommen. Der Koffer mit der Sichel stand im Flur. Immer deutlicher wurde ihm klar, dass er sich in den Armen eines Dämons befand.

Ein Entkommen war nicht möglich. Das war doch nicht er, der da mordete … nein, das war er wirklich nicht. Es war die Sichel … war es der Geist der Sichel? Kaum das sich Steven etwas von seiner letzten Tat erholen konnte, fing alles wieder von vorne an. Innerhalb weniger Sekunden befand er sich immer wieder im nebeligen London des 19. Jahrhunderts wieder. Er trug diesen langen, schwarzen Mantel. Die Krempe seines Hutes verdeckte sein komplettes Gesicht. Wie von Geisterhand gesteuert, öffnete er die Tür seines Zimmers und ging leise die Treppe hinunter. Seine Vermieterin sollte nichts merken. Er verschonte sie sogar. Wieder mordete er in vielen unheimlichen Nächten. Er zerstückelte seine Opfer immer wieder. Niemals hinterließ er eine Signatur.

Im Jahr 1896 …
In einer Nacht aber streikte sein krankes Herz. Man fand Steven Miller tot neben seinem Opfer liegen. Kommissar Jack Harris fand die Toten.

Die ungelösten Mordfälle hatten sich nun endlich von alleine gelöst. Vorsichtig wurde die Horrorsichel verpackt und dem hiesigen Metropolitan Police Crime Museum übergeben. Hin und wieder wurde die Sichel auch in anderen Museen ausgestellt.

Jedoch wusste niemand, welche dämonischen Kräfte in dieser Sichel steckten.

EINE ANDERE ZEIT – DER GLEICHE HORROR ...

New Scotland Yard - Metropolitan Police Crime Museum – 1967

Ein Umzug in größere Räume stand an. Das sogenannte Schwarze Museum beinhaltete viele Mordinstrumente, die von jedem Polizisten angesehen werden konnte. Verantwortlich für den Umzug war Polizist Jack Gordon. Als er die Sichel mit dem blutroten Griff nehmen wollte, löste diese sich aus der Verankerung und durchtrennte den Daumen von der Hand Gordons. Dieser Augenblick reichte aus, dass die Sichel das Böse zu Gordon übertrug. Er schrie nicht vor Schmerzen. Jack Gordon nahm die Sichel mit der anderen Hand und legte sie in seinen Aktenkoffer. Der Daumen verblieb im Glaskasten. Mit einem Taschentuch stillte er die Blutung. Er verlor sehr viel Blut. Mit letzter Kraft warf er den Aktenkoffer am Themse Weg in den Fluss. Er schaffte es noch bis in die Kirche „St. Edmund Church".
Danach brach der Polizist zusammen und starb. Untersuchungen des Blutes im Daumen und im Körper ergaben, dass das Blut schwarz war und ohne Sauerstoff.

Boston, Massachusetts, 1981

Linda Evans spielte am Strand in der Nähe des Yacht Clubs in Boston. Ihre Eltern Ben und Liv Evans verhandelten gerade mit dem Besitzer des Yacht Clubs über einen Wochenendausflug mit einer Motoryacht. Das Geschäft wurde besiegelt. „Linda! Kommst du bitte! Wir wollen fahren!", rief Vater

Ben. „Dad, schau einmal, was ich gefunden habe!", rief Linda. Ben und Liv staunten nicht schlecht, denn ihre Tochter fand einen verschlossenen Aktenkoffer. „Na, wenn das das große Los ist, dann brauchen wir die Yacht nicht zu mieten, dann kaufen wir sie gleich.", flachste Ben. „Glaubst du wirklich, da sind Dollar im Koffer?", fragte Liv. „Ich weiß es nicht. Wir nehmen den Koffer erst einmal mit. Er muss zuerst trocknen.", antwortete Ben. Fröhlich fuhr die Familie zuerst zu McDonalds, dann ging es nach Hause. Sie wohnten in Westminster, Massachusetts. Das Haus lag mitten im Wald. Liv liebte ihren Kräutergarten ... Ben seinen alten Mustang, an dem er jede freie Minute arbeitete. „Was war eigentlich im Aktenkoffer?", fragte Liv ihren Ehemann.
„Oh, gut, dass du fragst. Ich weiß es nicht. Wir schauen zusammen hinein."

Der Aktenkoffer lag nun bereits eine Woche im Auto. Sie brachen das Schloss auf und fanden eine stark verrostete Sichel. „Na, das war wohl nichts mit der Million Dollar.", sagte Ben ganz enttäuscht. „Macht nichts. Ich kann die Sichel gut für meinen Kräutergarten gebrauchen. Restaurierst du sie mir?" „Eine neue Sichel wäre günstiger."
„Ach nein, dieser Fund erinnert mich immer an den herrlichen Ausflug."

Ben legte die Sichel in das Gartenhaus. Hier waren Werkzeuge und Ersatzteile für den Mustang gelagert. Wochen später wollte Ben die Sichel auf Hochglanz bringen. Irgendwie gelang es ihm aber nicht. Kaum glänzte sie, war sie am nächsten Tag wieder matt. Wütend warf er sie in die Ecke. Die Sichel prallte von der Wand ab und traf Liv am Oberschenkel.
Liv wollte ihren Ehemann mit einer Limo überraschen. Ben zog die Sichel aus dem Bein und verband die Wunde notdürftig. Sofort fuhr die Familie ins Heywood Hospital. Liv wurde behandelt. Erleichtert kehrten sie im Westminster Café ein.

Tage Später nahm Liv den Verband ab. Sie und ihr Ehemann erschraken, denn um die Verletzung herum verfärbte sich die Haut schwarz.

Ben rannte wütend zum Gartenhaus. Er nahm die Sichel und schlug mit einem Hammer auf sie. … Wieder fuhren sie ins Hospital. Liv musste nun stationär behandelt werden. Ben und seine Tochter fuhren zurück. Erschöpft legte sich Ben in die Hängematte auf die Terrasse. Linda spielte im Garten. Sie kam dem Gartenhaus immer näher. Nun waren es wenige Meter bis zur Tür. „Ich spiele jetzt verstecken mit meiner Puppe!", rief sie. Vater Ben war eingeschlafen. „Suche mich doch! Wo bin ich?"
Linda versteckte sich im Gartenhaus.

Es blitze eine funkelnde Sichel auf. „Oh, die ist aber schön. Dad hat sie bestimmt für Mum poliert. Ich bringe sie ihm." Linda rannte mit der Sichel zu ihrem schlafenden Vater. Auf den Stufen kam sie ins Straucheln. Mit voller Wucht traf die Sichel ihren Dad mitten ins Herz. Er war sofort tot. Linda stürzte gegen einen Holzbalken, ihr Genick war gebrochen. Sie starb nur Minuten später. Ben blutete stark. Das Blut tropfte auf die Terrasse. Es verfärbte sich alles schwarz. Im Hospital kämpften die Ärzte mit einer Blutvergiftung bei Liv. Sie verloren den Kampf, Liv starb. … … …

Die Erben boten das Haus zum Kauf an. Zwei Brüder, Jack und Bill Miller, kauften das Haus. Bills Ehe war gescheitert. Seine Ex-Frau nahm sich vor Jahren das Leben. Als sie in das Manhattan Psychiatric Center eingeliefert wurde, schrie sie immer noch, dass die ganze Familie sterben würde. Olivia litt schon lange unter Wahnvorstellungen. Bills und Olivias gemeinsamer Sohn zog bereits früh aus dem Elternhaus. Er studierte in New York, heiratete eine gute Frau und sie bekamen einen Sohn … Steven … Steven Miller. Erst nach Olivias Tod wurde festgestellt, dass Olivias Krankheit erblich bedingt ist. Nachfahren können ebenfalls daran erkranken.

Jack und Bill richteten das neu erworbene Haus ein. Jack, der nie verheiratet war, kümmerte sich mehr um den Garten.

„Hier war wohl einmal ein Kräutergarten. Den werde ich wieder neu anlegen. Es lag sogar eine Sichel im Schuppen.", sagte er zu seinem Bruder. Sein Bruder Bill erfreute sich über herrliche Ölgemälde, aber auch darüber, dass Jack Kräuter pflanzen wolle. Bill kocht für sein Leben gern und dazu kann er Kräuter gut verwenden. „Ich nahm immer eine Schere zum Abschneiden der Kräuter.", schlug Bill vor.

Die Zeit verging. Alles schien zur besten Zufriedenheit. Eines Tages kam Jack mit einer Schnittwunde ins Haus. An der linken Hand hing der Daumen in Fetzen an der Hand. In der rechten Hand hatte er blutverschmierte Kräuter. „Hier habe ich frische Kräuter, Bill." „Jack!", schrie Bill auf, „was ist passiert?" „Ach, das wird schon wieder.", nuschelte Jack. Sofort fuhren sie ins Heywood Hospital. Der Daumen konnte nicht gerettet werden. Er war schon schwarz und ohne Leben.

Mit der Zeit veränderte sich Jack. Jeden Tag sah Bill aus dem Fenster. Jack war im Garten und schlug mit der Sichel wild um sich. Es schien so, als würde sein Bruder in einer anderen Welt leben.

Eines Tages besuchte der Sheriff die Brüder. „Mein Name ist Cobb, John Cobb. Ich bin Sheriff hier in Westminster. Vor zwei Tagen ist vor unserer Kirche eine tote Frau abgelegt worden. Sie beide wohnen zwar außerhalb des Tatortes, aber ich muss trotzdem nachfragen. Ich vermute, dass der oder die Täter die Frau an einem anderen Ort getötet haben. Die Autobahnabfahrt nach Westminster ist ganz in der Nähe. Haben sie etwas gesehen?" „Nein, ich war mit meinem Bruder auf unserem Grundstück. Hierher verirrt sich niemand. Wurde die Frau vergewaltigt? Wie sieht sie aus?", fragte Bill. „Das wollen sie bestimmt nicht wissen. Ihr Anblick war grauenvoll. Wenn sie beide mir noch Hinweise geben können, hier ist meine Karte."

Tage später fuhr Bill zum Einkauf. Hierbei erfuhr er, dass die Frau 35 Jahre alt gewesen ist. Ihr wurden Arme und Beine abgetrennt. Alles war in einem Müllbeutel zu finden. Messerscharf wurden die Gliedmaßen abgetrennt. „Wir haben es schon einmal mit einem Kettensägen-Mörder zu tun gehabt. Die Abtrennungen waren durch die Kettensäge zerfetzt. Bei der Frau sah es aber so aus, als wäre eine Sense oder ein großes scharfes Messer im Spiel.", sagte der Verkäufer. „Oder es war eine Machete?", ergänzte ein Kunde. „Vielleicht eine Sichel?", fragte Bill. „Eher nicht, da muss man weit ausholen und braucht viel Kraft.", erwiderte der Verkäufer.

Bill kam zum Haus zurück. Jacks alter Ford stand nicht in der Garage. Er trug den Einkauf ins Haus und begann mit der Vorbereitung der Steaks. Jack kam zurück. Schnell verschwand er im Bad. „Jack! Ist alles in Ordnung?" Als Jack aus dem Bad kam, schien alles gut zu sein. Beide genossen die leckeren Steaks. Am Nachmittag pflegte Jack seinen Kräutergarten, während Bill das Haus säuberte. Im Bad ist ihm ein blutverschmiertes Handtuch aufgefallen. Ohne Bedenken steckte er es zur Schmutzwäsche.

Drei Tage später war der Geburtstag von Bill. Er lud seinen Bruder ins Café ein. Beide bestellten Omelett mit Speck. „Habt ihr schon vom neuen Mord gehört?", fragte die nette Serviererin. „Nein! Ist schon wieder etwas passiert?", fragte Bill erschrocken. „Im Dunn State Park ist ein älterer Mann tot und zerstückelt aufgefunden worden. Er wohnte in Gardner. Teile seines Körpers trieben im Wasser. Ein Bein fehlt der Polizei noch. Wieder sind die Gliedmaßen messerscharf abgetrennt worden. Jetzt sogar der Kopf." „Gut, dass wir das Omelett schon gegessen haben. Da wird mir ganz übel. Bringe uns noch einen Whiskey.", sagte Bill. Trotzdem ließen sich die Brüder Bills Geburtstag nicht verderben. Abends gab es dann noch einen herrlichen Geburtstagsbraten. Bill fiel dabei auf, dass Jack den Braten vorzüglich und perfekt in Scheiben geschnitten hatte.

Irgendwie musste er an die Morde rund um den Ort Westminster denken. Wie messerscharf doch die Gliedmaßen von den Körpern abgetrennt worden sind. Bill schüttelte sich und dachte „male dir das nicht weiter aus".

Eines Tages fuhr Jack zum Einkaufen. Zu spät bemerkte Bill, dass wichtige Zutaten fehlten um für das Wochenende gut versorgt zu sein. Jack war schon Stunden unterwegs. Bill stieg in seinen Buick und fuhr zum Vincent's Country Store. „Hat mein Bruder alles eingekauft?" „Dein Bruder war nicht bei uns, zumindest heute nicht.", antwortete der Verkäufer. Das war für Bill eigenartig, denn auf der Fahrt zum Store sah er ihn auch nicht. Nun gut, Bill suchte sich Öl, Salz und Pfeffer und stieg wieder in sein Auto. Er fuhr die Leominster Straße entlang, als ihm an der Kreuzung zum Friedhof Jack mit seinem Ford entgegen kam. Links ging es zur Autobahn, rechts nach Hause und geradeaus zum Friedhof eben. Was wollte Jack dort? Jack sah Bill nicht. Nun fuhr Bill langsam auf der Narrows Road den Friedhof entlang bis zur East Road. Dann drehte er und fuhr zurück. Am Friedhof angekommen, sah er schon den Sheriff aus dem Wagen steigen. Eine Friedhofbesucherin fuchtelte aufgeregt mit den Armen und zeigte auf ein Grab. Bill stieg aus seinem Wagen aus. Er folgte dem Sheriff. Der Sheriff blieb wortlos an einem Grab stehen.

Noch 15 Meter, dann war auch Bill am Grab. Noch 8 Meter … noch 5 Meter … Bill musste sich übergeben. Vor einem Grabstein wurden Arme und Beine aufgestapelt. Auf dem Grabstein lag der Rest des Körpers. Das Blut floss am Grabstein herunter. „Was suchen sie hier?", fragte der Sheriff erbost. „Nichts, nichts, wirklich nichts.", stotterte Bill. Bill rannte zu seinem Auto zurück. Mit durchdrehenden Reifen fuhr er nach Hause. Sofort suchte Bill seinen Bruder. Im Haus war er nicht. Bill rannte zum Gartenhaus. Er stieß die Tür auf und sah Jack, wie er die Sichel putzte. „Wo warst du, Jack!", schrie Bill seinen Bruder an. „Ich, ich, ich weiß es nicht, Bill. Bill, irgendetwas stimmt mit mir nicht. Bitte hilf mir.", schluchzte Jack und legte die Sichel behutsam in eine Schatulle. Das ganze Wochenende redeten die Brüder miteinander. Ein Resultat gab es nicht. Montags kam der Sheriff vorbei. Er wollte genau wissen, wo sich die Brüder am Tattag auf dem Friedhof gewesen sind. „Ich war im Vincent's Country Store. Der Verkäufer ist mein Zeuge. Ganz in Gedanken bin ich an der Kreuzung nicht links abgebogen, sondern geradeaus zum Friedhof gefahren." „Warum waren sie in Gedanken?", fragte der Sheriff. „Meinem Bruder ging es nicht gut … das Herz.", log Bill. Der Sheriff glaubte Bill und verließ das Haus. „Jack, hast du mir wirklich nichts zu sagen?", wollte Bill unbedingt wissen. Von Jack kam keine Regung.

Zeit verging …

Jack pflegte seinen Kräutergarten und Bill kümmerte sich um das Haus. Immer wieder sah Bill, wie Jack wild mit der Sichel um sich schlug. Dann ging er aber auch wieder ganz behutsam mit der Sichel um, zumindest dann, wenn Jack Kräuter abschnitt.

Eines Nachts bemerkte Bill, wie Jack noch einmal das Haus verließ. Er lief zum Gartenhaus und holte seine Sichel. Dann lief er über das eigene Grundstück um zum Nachbarhaus zu gelangen. Bill zog sich schnell seine Schuhe an und lief Jack im Pyjama nach. Am Nachbarhaus angekommen, bemerkte Bill gleich das zerbrochene Glas an der Hintertür. Auf dem Boden lag regungslos der Nachbar Henry Jonas. Jack holte weit aus mit der Sichel. Bill warf sich ihm entgegen und hielt seinen Arm mit aller Kraft fest. Dabei verletzte sich Bill am Arm. Die Sichel ritzte eine 15 Zentimeter lange Wunde ein. Beide fielen zu Boden. „Was, was mache ich hier?", rief Jack seinem Bruder zu. „Kannst du dich etwa an nichts erinnern?", stellte Bill eine Gegenfrage. „Nein, Bill, wirklich nicht.", antwortete Jack. Beide beseitigten alle Spuren. Henry Jonas Verletzung am Kopf wurde versorgt. „Hat dich Henry gesehen?" „Nein, er kam in den Raum, nachdem er das Glas brechen hörte. Danach schlug ich ihn nieder. Ab jetzt weiß ich von nichts mehr."

Bill schickte Jack zurück zum Haus. Er wartete bis Henry aufwachte. „Was ist los? Ich habe ja vielleicht einen dicken Schädel." „Henry, da hat dich wohl ein Einbrecher besucht. Erinnerst du dich an etwas?" „Nein, an nichts. Morgen fahre ich zum Sheriff. Danke für deine Rettung und Hilfe. Wie geht es deinem Bruder?" „Ach, der war noch unterwegs."

Jetzt stand für Bill fest, sein Bruder war für die Morde verantwortlich. Für Bill war Jack sehr krank. Seine tiefe Wunde heilte eigenartiger Weise von ganz allein.

Die Brüder passten nun sehr aufeinander auf. Und doch kam der Tag, als etwas furchtbares passierte. Bill hörte Jack wie in Trance sagen: „Ja, du rufst mich. Ich gehorche. Was darf ich für dich tun?" Bill schreckte auf und wollte seinen Bruder zurückhalten. Er stürzte über den Teppich, schlug mit dem Kopf auf den Tisch und blieb bewusstlos liegen. In Trance nahm Jack die Sichel, zog seinen schwarzen Trenchcoat über und stieg in seinen Ford. Er fuhr in Richtung Gardner. Auf dem East Broadway begann der Horror. Vor dem ersten Restaurant parkte er den Ford direkt vor der Tür und ging gezielt in den Gastraum. Die Sichel hielt er unter dem Trenchcoat in Brusthöhe verdeckt. „Guten Abend der Herr. Darf ich sie zu einem freien Tisch begleiten?", fragte der Kellner. Wortlos machte Jack eine Handbewegung, der Kellner solle vorangehen.

In der Mitte des Gastraumes zückte Jack blitzschnell die Sichel und schlug mit der Sichel auf den Kellner ein. Sein Kopf fiel zu Boden. Das Blut spritzte aus dem Rumpf. Langsam viel er auf die Knie, dann auf den Brustkorb. Während des Fallens trennte Jack beide Arme ab. Der Körper blutete aus. Die Gäste hielten das Geschehene erst für eine gruselige Show. Und schon ging es weiter. Die Sichel trennte Arme und Köpfe von den Gästen. Ihre Körper kippten blutend auf die Tische. Suppenteller füllten sich mit ihrem Blut. Arme lagen auf dem Boden. Blut war nun überall. 12 Menschen verloren ihr Leben. An einer sauberen Tischdecke putzte Jack das Blut von der Sichel und brachte sie auf Hochglanz.

In zwei weiteren Restaurants auf dem West Broadway schlug Jack mit der Sichel noch zu. Weitere 9 Menschen fanden den Tod. Immer wieder das gleiche Ritual. Nach dem Horror polierte Jack die Sichel immer auf Hochglanz.

Ruhig und gelassen stieg er wieder in seinen Ford und fuhr in Richtung Gardner City über die Main Street. Vor dem City-Restaurant parkte er wieder direkt vor der Tür. „Hallo Sir! Hier können sie nicht parken!", rief ein Angestellter. So wollte es Jack eigentlich nicht. Das Morden sollte erst im Gastraum stattfinden. Doch Jack zog die Sichel unter dem Mantel hervor, holte weit aus und schlug zu. Der Kopf des Angestellten flog 10 Meter weit. … Der Rumpf fiel langsam ins Gebüsch.

Menschen auf der anderen Straßenseite sahen den Vorfall und benachrichtigten schnell den Sheriff.

In der Zwischenzeit betrat Jack den Gastraum. 17 Gäste und zwei Kellner verloren ihr Leben. Blut spritzte aus den Wunden. Arme und Köpfe lagen im gesamten Raum. Die Teppiche sogen sich mit Blut voll. „Hier ist der Sheriff! Hände hoch! Ergeben sie sich!", schrie der Sheriff. Zwei Deputies kamen noch zu Hilfe. Jack holte aus … der Sheriff schoss … die Sichel schleuderte durch den Raum … die Deputies schossen ihre Waffen leer … alles war wie in Zeitlupe … die Sichel fand ihren Weg und flog direkt auf den Sheriff zu. Er kippte durch die Wucht nach hinten. Blut floss aus seiner Brust.

Jack brach tot zusammen. 18 Kugeln trafen ihn. Die Deputies schauten auf den blutenden Sheriff. Er öffnete die Augen und erhob sich langsam. Sein Sheriff-Stern rettete das Leben des Sheriffs.

DER HORROR WAR VORBEI!

Bill blieb nicht in Westminster wohnen.

Die Sichel und eine Blutprobe des Sichel-Mörders wurden nun im New York City Police Museum untergebracht. Beides ist mit der höchsten Sicherheitsstufe versehen. Das Blut des Mörders war schwarz und besaß bei der Untersuchung keinen Sauerstoff.

Jedoch, da war noch etwas… Bill wurde ja von der Sichel verletzt. Er war ihr ebenfalls verfallen. Mit Hilfe von Ganoven, die er mit dem Geld des Hausverkaufes entlohnte, stahl er die Sichel aus dem Police Museum und flüchtete nach London, wo er bis an sein Lebensende untertauchte.

Fast VIER Jahrzehnte später ... DER Horror geht weiter!

Das Blut des Mörders, zusammen mit der Mördersichel, wurde zuletzt in New York City, im Police Museum, ausgestellt.

Wir befinden uns nun im Jahr 2020/21, dass dieses spezielle Museum streng bewacht wird, kann man sich ja denken. Täglich belagern viele Neugierige die Vitrinen im Kriminal-Museum, trotz Corona Einlass-beschränkungen. Nichts gerät hier außer Kontrolle.
Bis jetzt. New York, 4.1.2021:

Das Blut klebte noch an der Sichel. Trotzdem strahlte sie in vollem Glanz, als wenn sie eine Seele hätte. Die Vitrine war versiegelt und mit dickem Panzerglas versehen. Niemand hätte sie unbemerkt entwenden können.

Carmen Miller kam mit ihren zwei erwachsenen Söhnen. Die jungen Männer studierten Kriminologie und wollten sich auf diese Weise einen kleinen Einblick in diese Welt verschaffen. Carmen stand vor dem Glaskasten und bewunderte die Schönheit der Sense, die trotz ihres hohen Alters noch einen makellosen Goldüberzug besaß. Dass sie mit dunklem, getrocknetem Blut verschmiert war, sah Carmen nicht direkt.   Je länger sie dieses Objekt betrachtete, umso mehr verspürte sie den unwiderstehlichen

Drang zu töten. Sie schüttelte sich. Nein, das durfte und konnte nicht sein. Diese Gedanken wollte sie schnell wieder loswerden.

Carmen war eine biedere Hausfrau, die alles für ihre Söhne tun würde. Als sie damals von ihrem Mann verlassen wurde, waren die Söhne noch klein und sie erzog sie ganz alleine. Alles tat sie, damit es ihnen gut ging. Es wurde schon dunkel als sie mit ihren Söhnen das Museum verließ.

Jeden Abend um die gleiche Zeit, fand ein Kontrollgang durch das Museum statt. Jack Braun blieb plötzlich vor der leeren Vitrine stehen. Er traute seinen Augen nicht. Die blutige Sichel war aus dem gesicherten Glaskasten verschwunden, ohne eine Spur des Einbruchs zu hinterlassen. Es wurde unheimlich still, keiner der Beamten wagte sich etwas zu sagen. Obwohl Jack Braun ein stattlicher, kräftiger Mann war, lief ihm die Angst eiskalt den Rücken herunter. Seinem Kollegen Joseph Miller ging es nicht anders.

Die Männer machten Meldung, und innerhalb von Minuten war die Polizei vor Ort. Es wurde vermutet, dass hier nur eine unsichtbare, dämonische Kraft so etwas bewerkstelligen konnte. …

Zeit verging … Carmen Miller schaute in den Spiegel ihrer Kommode. Nein, sie war nicht sie selbst. Sie merkte, dass mit ihr eine Veränderung stattfand. Die einst so mädchenhaften, zarten Gesichtszüge waren verschwunden. Sie fürchtete sich vor ihrem eigenen Spiegelbild. Je länger Carmen sich betrachtete, umso bösartiger wurde ihr Blick.

Es war nicht nur das Gesicht, welches sich verändert hatte. Die ganze Gestalt der einst hübschen Frau sah einfach zum Fürchten aus. Sie trug ein langes, schwarzes Gewand und ihren gesamten Kopf verbarg sie unter einem langen, schwarzen Schleier. Die Horror-Sichel hatte es wieder geschafft, sich einen Handlanger auszusuchen.

Ein paar Tage später schlich sich Carmen zum Hintereingang des New York City Theaters. Mittlerweile wurde das Theater wieder geöffnet, obwohl das Corona Virus immer noch nicht besiegt war und ist und vielleicht auch nicht wird. Es war schon recht spät, die letzte Vorstellung lief. Es herrschte andächtige Stille. Der Dämon, der von Carmen Besitz ergriffen hatte, setzte sich in die obere Reihe des Theaters. Carmen zog die schwere, goldene Sichel hervor und schlug blitzschnell den Menschen, die eine Reihe vor ihr saßen, die Köpfe ab. Die besessene Frau ergötzte sich an dem Blut, welches unaufhaltsam auf den dicken Teppich des Theaters floss. Sie leckte daran bevor sie ihren Körper damit einrieb. Carmen verschwand ungesehen in der Dunkelheit der Nacht. Niemand ihrer sonst so neugierigen Nachbarn bemerkte, dass sie die Tür ihres Hauses aufschloss und lautlos dahinter verschwand. Sie fiel vollkommen erschöpft auf ihr Bett und irgendwann in der Nacht verließ der Dämon ihren Körper. Sie wachte in Blut gebadet auf. Alles klebte und stank nach geronnenem Blut. Carmen musste sich übergeben. Es kam ihr vor wie ein grausiger Alptraum. Nur, wo kam dieses Blut in ihrem Bett her? Hatte sie sich etwa verletzt? So krampfhaft sie auch versuchte, sich zu erinnern, es gelang ihr nicht.

Um 23 Uhr, sobald die Dunkelheit sich über die Stadt gelegt hatte, wurde es ruhig und man sah nur wenige Menschen. Schlecht beleuchtete Nebenstraßen waren gewiss auch daran schuld, sowie das Virus. Gerade in dieser Gegend mied man es, bei Dunkelheit hier zu sein. Carmens Gestalt war komplett in Schwarz gehüllt und verdeckte ihren Körper ganz. Ein Paar und eine junge Frau gingen angeheitert auf die Haustür eines Mietshauses zu. Gerade als sie aufschließen wollten geschah es. Mit grunzenden und kreischenden Geräuschen sprang Carmen hervor. Der Speichel lief ihr aus den Mundwinkeln. Die zierliche Frau hob die schwere Sichel und schlug mit einem geraden Schnitt den drei Menschen die Köpfe ab. Als wenn das nicht schon genug wäre, trennte sie den Leuten noch Beine und Arme ab. Blut floss über den Asphalt. Die Körper bluteten völlig aus. Carmen bückte sich und griff mit den Fingern Blut. Sie leckte ihre Finger, es war absurd. Immer noch waren die Nebenstraßen wie ausgestorben und niemand bemerkte etwas. Carmen kniete sich jetzt. Jetzt trank sie das Blut und rieb sich hinterher noch ihren Körper damit ein. Der Blutrausch schien kein Ende zu nehmen. Die Sichel war wieder verschwunden und eine zierliche Frau, in Schwarz gekleidet, lief davon. Carmen betrat ihr Haus. Auch dieses Mal bemerkte sie niemand. Sie legte sich ins Bett, ohne sich vorher zu waschen und schlief bis zum anderen Tag durch.

Als die Leichen am folgenden Morgen gefunden wurden, lag ein entscheidendes Beweisstück daneben. Es war ein Mundschutz mit Speichel. Besser noch, auch ein Medaillon wurde gefunden. Carmen trug immer dieses Medaillon um ihren Hals, in dem alle wichtigen Daten zu ihrer Person eingetragen waren. Die Söhne wollten es so, falls ihr einmal etwas zustoßen würde. Es war jetzt sehr hilfreich für die Polizei. Die Polizisten klingelten, Carmen öffnete blutverschmiert die Tür. Die Sichel war wieder in ihrer Hand. Mit einem sauberen Schnitt, fiel der Kopf des klingelnden Polizisten auf den Boden. Sein Finger blieb noch für Sekunden auf dem Klingelknopf, und das, ohne Kopf. Carmen hatte vollkommen die Gesichtszüge eines Menschen verloren. Sie besaß eine grausame Horrorfratze und Blut lief an ihren Mundwinkeln herunter.   Die einst so unschuldige biedere Frau und Mutter wurde vollkommen vom Geist der Mördersichel erfasst und tat nur noch das, was die Sichel wollte. Der zweite Beamte war geschockt. Carmen holte wieder aus. Der Beamte hob seinen linken Arm zur Verteidigung. Der Unterarm wurde abgetrennt. Er merkte es nicht einmal, er verspürte keinen Schmerz. Mit der rechten Hand griff er nach seiner Pistole Glock 19. Noch während Carmen wieder ausholte, schoss der Polizist das volle Magazin vollkommen leer. … … … Carmen starb im Kugelhagel.

Das Aufräumkommando brachte die Sichel des Todes wieder in das New York City Police Museum. Sie wurde nicht mehr ausgestellt. Im Keller wurde sie eingelagert. Der Schlüssel wurde dem FBI übergeben. Das FBI untersuchte die Sichel akribisch. Die Vermutung, dass die Sichel in der Eisenzeit von Hand geschmiedet wurde, konnte nicht bestätigt werden. Das Material war wesentlich älter und völlig anders aufgebaut. Eine Untersuchung mit dem Rasterelektronenmikroskop ergab eine grausige Entdeckung. Der FBI-Untersuchungsbeamte Jim Collins sah eine undurchdringliche Oberfläche. Er montierte den roten Holzgriff ab. Dieser wurde irgendwann einmal erneuert. Collins legte die Sichel wieder unter das Rasterelektronenmikroskop. Zur Sicherheit wurde der Raum mit Kameras überwacht. Was den Sicherheitsbeamten dann auf den Monitoren gezeigt wurde, war ein unheimlicher Anblick. Collins berührte den freigelegten Schaft der Sichel. Nun nahm Collins die Sichel in die Hand, jetzt verband sich die Sichel mit der Menschenhand direkt. Wieder übernahm das Böse der Sichel die Oberhand des Menschen. Wild schlug er um sich. Mit voller Wucht schlug sich Collins nun den linken Unterarm ab. Blut spritzte aus seinem Armstummel. Immer wieder schlug Collins jetzt auf seine Beine ein. Die Sicherheitsbeamten stürmten den Untersuchungsraum. Collins warf die Sichel auf einen Beamten. Wie in Zeitlupe flog die Sichel dem Beamten entgegen und spaltete seinen Kopf. Er brach tot zusammen. Der andere Beamte schoss Collins in den Kopf und ins Herz. Collins war sofort tot. Das Rasterelektronenmikroskop zeigte, dass nach der Abnahme des Holzgriffs der Schaft Öffnungen besaß, aus denen lebende, wohl außerirdische Zellen austraten. Diese wanderten durch den Holzgriff in die Menschen, die die Sichel benutzten. Collins wurde direkt, ohne Holzgriff, konterminiert.

Die Sichel ist heute im militärischen Sperrgebiet AREA 51. Den Code und den Schlüssel zum Stahl-Tresor, der in vielen Kilometern Tiefe liegt, wurde dem aktuellen Präsidenten der Vereinigten Staaten von Amerika, Joe Biden, übergeben.   **ENDE ... ... ODER?**